천년의 우리소설

10

조선의 야담 2

千년의 우리소설 10

조선의 야담 2

박희병·정길수 편역

2018년 1월 22일 초판 1쇄 발행

펴낸이 한철희 | 펴낸곳 돌베개 | 등록 1979년 8월 25일 제406-2003-000018호
주소 (10881) 경기도 파주시 회동길 77-20 (문발동)
전화 (031) 955-5020 | 팩스 (031) 955-5050
홈페이지 www.dolbegae.co.kr | 전자우편 book@dolbegae.co.kr
블로그 imdol79.blog.me | 트위터 @Dolbegae79

주간 김수한 | 편집 이경아
표지디자인 민진기 | 본문디자인 이은정·이연경
마케팅 심찬식·고운성·조원형 | 제작·관리 윤국중·이수민
인쇄 한영문화사 | 제본 경일제책사

ISBN 978-89-7199-833-5 (04810)
　　　 978-89-7199-282-1 (세트)

책값은 뒤표지에 있습니다.

천년의 우리소설

10

조선의 야담 2

박희병 · 정길수 편역

돌베
개

간행사

이 총서는 위로는 신라 말기인 9세기경의 소설을, 아래로는 조선 말기인 19세기 말의 소설을 수록하고 있다. 즉, 이 총서가 포괄하고 있는 시간은 무려 천 년에 이른다. 이 총서의 제목을 '千년의 우리소설'이라 한 이유가 여기에 있다.

근대 이전에 창작된 우리나라 소설은 한글로 쓰인 것이 있는가 하면 한문으로 쓰인 것도 있다. 중요한 것은 한글로 쓰였는가 한문으로 쓰였는가 하는 점이 아니다. 오늘날의 관점에서 볼 때 그런 것은 그다지 중요하지 않다. 정말 중요한 것은 문예적으로 얼마나 탁월한가, 사상적으로 얼마나 깊이가 있는가, 그리하여 오늘날의 독자가 시대를 뛰어넘어 얼마나 진한 감동을 받을 수 있는가 하는 점일 터이다. 이 총서는 이런 점에 특히 유의하여 기획되었다.

외국의 빼어난 소설이나 한국의 흥미로운 근현대소설을 이미 접한 오늘날의 독자가 한국 고전소설에서 감동을 받기란 쉬운 일

4

이 아니다. 우리 것이니 무조건 읽어야 한다는 애국주의적 논리는 이제 더 이상 통하지 않는다. 과연 오늘날의 독자가 『유충렬전』이나 『조웅전』 같은 작품을 읽고 무슨 감동을 받을 것인가. 어린 학생이든 혹은 성인이든, 이런 작품을 읽은 뒤 자기대로 생각에 잠기든가, 비통함을 느끼든가, 깊은 슬픔을 맛보든가, 심미적 감흥에 이르든가, 어떤 문제의식을 환기받든가, 역사나 인간에 대한 이해를 증진시키든가, 꿈과 이상을 품든가, 대체 그럴 수 있겠는가? 아마 그렇지 못할 것이다. 그럼에도 이런 종류의 작품은 대부분의 한국 고전소설 선집 속에 포함되어 있으며, 중고등학교에서도 '고전'으로 가르치고 있다. 그러니 한국 고전소설은 별 재미도 없고 별 감동도 없다는 말을 들어도 그닥 이상할 게 없다. 실로 학계든, 국어 교육이나 문학 교육의 현장이든, 지금껏 관습적으로 통용되어 온 고전소설에 대한 인식을 전면적으로 재검토해야 할 시점에 이르렀다. 이 총서는 이런 문제의식에서 출발한다.

이 총서가 지금까지 일반인들에게 그리 알려지지 않은 작품들을 많이 수록하고 있음도 이 점과 무관치 않다. 즉, 이는 21세기의 한국인들에게 어필할 수 있는 새로운 한국 고전소설의 레퍼토리를 재구축하려는 시도인 것이다. 이 점에서 이 총서는 그렇고 그런 기존의 어떤 한국 고전소설 선집과도 다르며, 아주 새롭다. 하지만 이 총서는 맹목적으로 새로움을 위한 새로움을 추구하지는 않았으며, 비평적 견지에서 문예적 의의나 사상적·역사적 의의가 있는 작품을 엄별해 수록하였다. 그리하여 우리는 이 총서를 통해, 흔히 한국 고전소설의 병폐로 거론되어 온, 천편일률적이라든가, 상투적 구성을 보인다든가, 권선징악적 결말로 끝난다든가, 선인과 악인의 판에 박힌 이분법적 대립으로 일관한다든가, 역사적·현실적 감각이 부족하다든가, 시공간적 배경이 중국으로 설정된 탓에 현실감이 확 떨어진다든가 하는 지적으로부터 퍽 자유로운 작품들을 가능한 한 많이 독자들에게 소개하고자 한다.

그러나 수록된 작품들의 면모가 새롭고 다양하다고 해서 그것으로 충분한 것은 아닐 터이다. 한국 고전소설, 특히 한문으로 쓰인 한국 고전소설은 원문을 얼마나 정확하면서도 쉽고 유려한 현대 한국어로 옮길 수 있는가의 여부에 따라 작품의 가독성은 물론이려니와 감동과 흥미가 배가될 수도 있고 반감될 수도 있다. 이 총서는 이런 점에 십분 유의하여 최대한 쉽게 번역하기 위해 많은 고심을 하였다. 하지만 쉽게 번역해야 한다는 요청이, 결코 원문을 왜곡하거나 원문의 정확성을 다소간 손상시켜도 좋음을 의미하지는 않는다. 이런 견지에서 이 총서는 쉬운 말로 번역해야 한다는 하나의 대전제와 정확히 번역해야 한다는 또 다른 대전제—이 두 전제는 종종 상충할 수도 있지만—를 통일시키기 위해 많은 노력을 기울였다.

한국 고전소설에는 이본異本이 많으며, 같은 작품이라 할지라도 이본에 따라 작품의 뉘앙스와 풍부함이 달라지는 경우가 비일비재하다. 그뿐 아니라 개개의 이본들은 자체 내에 다소의 오류를 포함하고 있다. 따라서 하나하나의 작품마다 주요한 이본들을 찾아 꼼꼼히 서로 대비해 가며 시시비비를 가려 하나의 올바른 텍스트, 즉 정본定本을 만들어 내는 일이 대단히 긴요하다. 이 작업은 매우 힘들고, 많은 공력功力을 요구하며, 시간도 엄청나게 소요된다. 이런 이유 때문이겠지만, 지금까지 고전소설을 번역하거나 현대 한국어로 바꾸는 일은 거의 대부분 이 정본을 만드는 작업을 생략한 채 이루어져 왔다. 하지만 정본 없이 이루어진 이 결과물들은 신뢰하기 어렵다. 정본이 있어야 제대로 된 한글 번역이 가능하고, 제대로 된 한글 번역이 있고서야 오디오 북, 만화, 애니메이션, 드라마, 영화 등 다른 문화 장르에서의 제대로 된 활용도 가능해진다. 뿐만 아니라 정본에 의거한 현대 한국어 역譯이 나와야 비로소 영어나 기타 외국어로의 제대로 된 번역이 가능해진다. 이런 점에서 본다면 작금의 한국 고전소설 번역이나 현대화는 대강 특정 이본 하나를 현대어로 옮겨 놓은 수준에 머무는 것이라는 한계를 대부분 갖고 있는바, 이제 이 한계를 넘어서야 할 시점에 이르렀다. 이 총서에 실린 대부분의 작품들은 2년 전에 내가 펴낸 책인 『한국한문소설 교합구해校合句解』에서 이루어진 정본화定本化 작업을 토대로 하고 있는바, 이 점에서 기존의 한국 고전소설 번역서들과는 전적으로 그 성격을 달리한다.

나는 『한국한문소설 교합구해』의 서문에서, "가능하다면 차후 후학들과 힘을 합해 이 책을 토대로 새로운 버전version의 한문소설 국역을 시도했으면 한다. 만일 이 국역이 이루어진다면 이를 저본으로 삼아 외국어로의 번역 또한 생각해 볼 수 있을 것이다"라고 말한 바 있다. 바야흐로, 한국 고전소설을 전공한 정길수 교수와의 공동 작업으로 이 총서를 간행함으로써 이런 생각을 실현할 수 있게 되어 대단히 기쁘게 생각한다.

이제 이 총서의 작업 방식에 대해 간단히 언급해 두고자 한다. 이 총서의 초벌 번역은 정교수가 맡았으며 나는 그것을 수정하는 작업을 하였다. 정교수의 노고야 말할 나위도 없지만, 수정을 맡은 나도 공동 작업의 취지에 어긋나지 않게 최선을 다했음을 밝혀 둔다. 한편 각권의 말미에 첨부한 간단한 작품 해설은, 정교수가 작성한 초고를 내가 수정하며 보완하는 방식으로 작업하였다. 원래는 작품마다 그 끝에다 해제를 붙이려고 했는데, 너무 교과서적으로 비칠 염려가 있는 데다가 혹 독자의 상상력을 제약할지도 모르겠다는 생각이 들어 이런 방식으로 바꾸었다.

이 총서는 총 16권을 계획하고 있다. 단편이나 중편 분량의 한문소설이 다수지만, 총서의 뒷부분에는 한국 고전소설을 대표하는 몇 종류의 장편소설과 한글소설도 수록할 생각이다.

이 총서는, 비록 총서라고는 하나, 한국 고전소설을 두루 망라

하는 데 목적이 있지 않다. 그야말로 '千년의 우리소설' 가운데 21세기 한국인 독자의 흥미를 끌 만한, 그리하여 우리의 삶과 역사와 문화를 주체적으로 돌아보고 성찰하는 데 도움이 될 만한, 그럼으로써 독자들의 심미적審美的 이성理性을 충족시키고 계발하는 데 보탬이 될 만한 작품들을 가려 뽑아, 한국 고전소설에 대한 인식을 바꾸고 확충하고자 하는 것이 본 총서의 목적이다. 만일 이 총서가 이런 목적을 어느 정도 달성했다는 평가를 받게 된다면 영어 등 외국어로 번역하여 비단 한국인만이 아니라 세계 각지의 사람들에게 읽혀도 좋지 않을까 생각한다.

2007년 9월

박희병

차례

기이한 하인

임매

패악하고 거만한 자를 '종놈'이라 부르고, 어리석고 용렬한 자를 조롱하여 '노재'¹라고 한다. 집에서 부리는 노비들은 대개 어리석어 사람들에게 천시 당한다. 중국에서도 예로부터 그러했거니와 우리 나라의 습속은 더욱 심해서 노비 멸시하기를 개나 돼지, 소나 말을 대하듯이 한다.

그러나 노비 가운데 어찌 영웅호걸의 자질이 없겠는가? 하늘이 재주를 내릴 때 본래 땅을 가리지 않는 법이다. 전한前漢의 위청²과 후한後漢의 이선³은 모두 노비 출신이지만 그 위대한 업적과 훌륭한

꿍꿍꿍꿍

1. **노재奴才** 글자 그대로의 뜻은 '종의 재주'나 '용렬한 재주'를 뜻하는 말로 쓴다.
2. **위청衛青** 한나라 무제武帝 때의 장군. 본래 한나라의 명장인 조수曹壽의 여종 위온衛媼이 조수의 집사와 사통하여 낳은 자식인데, 조수의 아내인 평양공주平陽公州의 하인으로 있다가 누이 위자부衛子夫가 무제의 총애를 받자 궁궐로 들어가 마침내 장군이 된 뒤 흉노와의 전투에서 누차 큰 공을 세웠다.
3. **이선李善** 후한 광무제光武帝 때의 인물. 본래 이원李元이라는 사람의 하인이었는데, 이원의 가족이 역병으로 모두 죽고 생후 수십 일이 된 이원의 아들 이속李續만 살아남자 하인들이 아이를 죽이고 재산을 나눠 가지려 했다. 이선은 이속을 업고 달아났다가 10년 뒤에 돌아와 하

행실이 역사에 찬란하게 빛나 지금까지도 사람들의 눈과 귀를 사로잡는다. 지금 위청의 지략과 이선의 충성심을 지닌 데다 마륵[4]의 용맹과 장준의 화원에서 낮잠을 자던 늙은 병사[5]의 지혜까지 겸비한 이가 있다면 그 사람은 세상에서 한번 만나기 어려운 위대하고 탁월한 인물이 아니겠는가? 그러나 그 행적이 기록되지 않고 이름 또한 알 수 없으니, 얼마나 애석한 일인가!

　　광해군 때 경기도에 몹시 가난한 선비가 있었다. 다 쓰러져 가는 두어 칸 작은 집에 아내와 딸 하나와 함께 살았다. 나무하고 풀 베는 일을 하는 하인 하나가 있을 뿐 재산이라고는 아무것도 없었다. 하인은 흉포하고 드세서 누구의 구속도 받지 않으며 자고 싶으면 자고 놀고 싶으면 놀았다. 어쩌다 상전이 꾸짖어도 태

인들을 고발하고 이속에게 옛 집을 되찾아 주었다. 광무제는 이선의 선행을 보고 받고 이선에게 벼슬을 내렸으며, 이선은 훗날 구강 태수九江太守를 지냈다. 『후한서』後漢書「독행열전」獨行列傳에 해당 기사가 실려 있다.

4. 마륵磨勒　당나라 전기소설傳奇小說『곤륜노』崑崙奴의 주인공인 곤륜노의 이름. '곤륜노'는 흑인 노예를 이른다. 마륵은 최생崔生의 종인데, 마륵의 도움으로 최생은 사랑하는 기녀와 재회해 행복하게 살 수 있었다. 마륵은 고관의 집에서 기녀를 탈출시킬 때 최생과 기녀를 등에 업고 열 겹의 담장을 뛰어넘었으며, 훗날 고관 휘하 병사들에게 포위되었을 때에도 화살을 피하며 높은 담장을 날아서 넘는 용력을 보였다.

5. 장준張俊의 화원에서~늙은 병사　남송南宋 초기의 명장 장준이 화원을 산책하다가 늙은 병사가 누워 있는 것을 보고 꾸짖자 병사는 할 일이 없어 낮잠을 즐길 뿐이라고 했다. 장준이 무슨 일에 능하냐고 묻자 병사는 해외무역을 잘한다고 대답했다. 장준이 그 병사에게 50만 냥을 주어 일을 맡기자 병사는 해외무역으로 수십 배의 이익을 남겼다.

연히 냉소하며 못 들은 체하니 상전이 제어할 방법이 없었다. 그러나 하인은 가난한 상전 탓에 겨죽을 먹으며 지내도 싫어하거나 원망하는 기색이 없었다. 이 때문에 사람들은 하인을 바보라고 손가락질하기도 했다.

얼마 뒤 주인이 세상을 떴다. 사흘이 되도록 염습하지 못하자 하인이 방으로 들어가 마님에게 말했다.

"죽은 사람은 죽은 사람이니 장례 지낼 궁리를 하셔야지 곡만 하고 있사옵니까?"

마님이 말했다.

"두 손에 아무것도 가진 게 없어 시초로 시신을 싸려 한들[6] 시초조차 구할 방도가 없으니 어찌하겠느냐?"

하인이 말했다.

"마님은 일단 곡을 그치시고, 제가 변통하기를 기다리십시오."

같은 마을에 부자 노인이 살았는데, 재산이 매우 많았다. 딸을 시집보낼 때 쓰려고 옷과 이불을 여러 벌씩 갖추었고, 혼수 비용과 혼례식 잔치 비용으로 준비한 돈만 수천 냥이었다. 하인은 날카로운 칼을 품고 한밤중에 그 집으로 갔다. 노인은 사랑채에서 자고 있었다. 하인은 캄캄한 어둠 속에서 느닷없이 방으로 들어

---

6. 시초柴草로 시신을 싸려 한들 '시초'는 땔나무로 쓰는 풀. 수의와 관을 마련할 돈이 없어 고대 중국에서 시초로 시신을 겹겹이 싸고 들판에서 풍장風葬하던 것처럼 한다는 말.

가 노인의 가슴팍 위에 올라타 앉았다. 노인이 깜짝 놀라 눈을 떠 보니 산발한 장사가 자기 몸을 깔고 앉아 있고, 그 손에서 검광이 번득이는 게 아닌가! 노인은 놀랍고 두려워 제발 목숨만 살려 달라고 소리쳤다. 하인이 말했다.

"두려워 마십시오. 나는 도둑이 아닙니다. 지금 긴급한 사정을 알리러 왔는데, 어르신께서는 내 말을 들어주시겠습니까?"

노인이 급히 말했다.

"분부대로 하겠소!"

하인이 목메어 울 것 같은 소리로 말했다.

"저는 아무 마을 아무 집에 사는 종입니다. 상전이 돌아가신 지 사흘인데 아직 염습을 못 하고 있으니, 이 얼마나 괴로운 일입니까? 어르신 댁의 혼수가 매우 풍족하다고 들었습니다. 어르신 사위의 한 몸에 옷을 일고여덟 벌씩 입을 수도 없고, 밤에 잠잘 때 이불을 대여섯 채씩 덮을 수도 없는 노릇입니다. 혼수 비용 수천 냥에서 백 냥쯤 떼어 내 봐야 깃털 하나밖에 더 되겠습니까? 그 돈을 제게 주시어 상전과 노비 사이의 정을 다하게 해 주신다면 그보다 큰 은혜가 없을 겁니다. 허락해 주신다면 마땅히 어르신을 놓아 드리겠지만, 만약 '아니 된다'의 '아' 자만이라도 나오면 즉시 어르신의 숨통을 끊어 버리겠습니다. 어찌하시겠습니까?"

하인이 칼을 들어 노인의 목을 겨누며 매섭게 노려보자 노인이 급히 소리쳤다.

"분부대로 하겠소! 분부대로 하겠소!"

하인이 칼을 거두고 말했다.

"다행히 허락해 주셨습니다만 사람의 마음은 헤아리기 어려워 면전에서 승낙하고도 돌아서면 뒤집는 일이 있습니다. 일 처리는 확실히 해야 하니, 어르신께서 혼수를 가지고 나와 분명히 제게 넘겨주십시오."

노인이 식구들을 불렀다. 그 집 식구들은 한창 잠들어 있다가 부르는 소리를 듣고 와서는 깜짝 놀라 앞 다투어 소리를 질렀다. 하인이 눈을 부릅뜨고 고함을 쳤다.

"감히 한 걸음이라도 다가오는 자가 있으면 어르신을 찌를 테 요!"

호랑이가 으르렁거리는 소리가 울리고 눈빛이 번개처럼 사방을 쏘니 그 집 식구들이 모두 벌벌 떨며 감히 꼼짝도 하지 못했다. 하인은 적당한 옷과 이불을 고르고 돈 백 냥과 비단 약간을 추린 뒤 말했다.

"이 정도면 충분하오. 많은 물건이 필요치 않으니 나머지는 도로 다 가져가시오."

그러고는 또 말했다.

"일 처리를 확실히 해야 하니, 여기 모인 사람들이 이 물건을 옮겨 주셔야겠소."

이때 노인은 여전히 하인의 가랑이 밑에 깔려 번득이는 검광이 얼굴을 비추고 있었으니 몹시 두려운 마음에 급히 외쳤다.

"너희들은 당장 분부대로 해서 나를 살려라!"

식구들이 감히 거역하지 못하고 앞 다투어 물건을 등에 지고 분주히 떠났다. 노인의 집에서 하인의 집까지는 몇 리 안 되는 거리였다. 하인은 그들이 돌아오자 비로소 칼을 땅에 던지고 일어나서 펄쩍 뛰어 뜰로 내려오더니 노인에게 절하고 천천히 걸어 문을 나섰다. 노인과 그 식구들은 넋이 나간 사람처럼 오랫동안 멍하니 있었다.

하인이 돌아와 마님에게 말했다.

"얼마 안 되는 돈이지만 장례비로 다 쓰고 나면 마님과 아씨가 어찌 살아가시겠습니까? 반은 남겨서 훗날에 대비하십시오."

마님이 말했다.

"앞으로 모든 일을 자네 하는 대로 따를 테니 내게 묻지 말게."

마침내 관을 마련해서 염습하고 장례를 치렀다.

몇 달 뒤 하인이 또 들어와 마님에게 말했다.

"저는 마님 댁을 지키고 앉아 아침저녁으로 멀건 죽이나 축내고 있을 따름입니다. 집에 남은 돈으로 행상을 나가서 마님의 생계를 마련해 보고 싶습니다."

마님이 말했다.

"전에 말하지 않았나. 모든 일을 자네 하고 싶은 대로 하게."

20

마침내 하인은 마님과 작별한 뒤 돈을 가지고 집을 나섰다. 산에서 나무를 사다가 바다로 가서 소금과 바꾼 뒤 북쪽으로 육진[7]에 이르고 서쪽으로 칠읍[8]에 이르렀다. 바다 건너 탐라에 갔다가 동래東萊 왜관[9]으로 들어가고, 다시 대관령 동남쪽의 강원도와 경상도를 누빈 뒤 전라도와 충청도를 넘나들었다. 온갖 물건을 다 모아 이익을 취하고 모든 물건을 때와 형편에 알맞게 사고 파니 조금도 실패하는 법이 없었다. 그렇게 10년 동안 수천 냥의 재산을 모으기에 이르렀다. 하인은 해마다 한 번씩 집으로 돌아와 마님을 위해 농장을 마련하고 집안 살림을 갖추어 주었다. 그리하여 거지나 다름없던 과부 모녀가 엄연한 재산가가 되었다.

하인이 마님에게 말했다.

"이제 생계가 풍족해졌으니, 앞으로는 저도 쉽니다. 다만 아씨가 벌써 장성했으니 좋은 신랑감을 구해서 만년에 의지할 곳으로 삼으셔야지요. 하지만 이 구석진 시골에서는 견문이 넓을 수 없고, 더구나 시골 가난한 집에서 괜찮은 사람 찾기가 쉽겠습니

7. **육진六鎭** 세종 때 여진족이 동북쪽 국경을 침범하는 것에 대비하여 함경도 두만강 하류의 요충지에 설치한 종성鐘城·온성穩城·회령會寧·경원慶源·경흥慶興·부령富寧의 여섯 진鎭.
8. **칠읍七邑** 강변칠읍江邊七邑. 곧 평안도 압록강 가에 있는 의주義州·삭주朔州·창성昌城·벽동碧潼·초산礎山·위원渭源·강계江界를 말한다.
9. **왜관倭館** 조선 시대 일본인이 머물면서 외교 업무나 무역을 행하던 관사. 임진왜란 때 폐쇄되었다가 1607년(선조 40) 국교 회복 후 동래부東萊府 두모포豆毛浦(지금의 부산 동구 수정시장 일대)에 새로 설치되고, 1678년(숙종 4)에 다시 초량草梁(지금의 부산 중구 용두산공원 일대)으로 옮겼다.

까? 온 식구가 서울로 가서 널리 신랑감을 구하는 게 좋겠습니다."

마님이 말했다.

"으리으리한 서울에 모두 명문가일 텐데, 그 높은 가문에서 우리처럼 한미한 집안과 혼인하려 들겠나?"

하인이 말했다.

"안 될 것 같은 일을 성사시켜야 정말 지혜로운 사람이라고 할 수 있습지요. 마님의 안팎 친척 중에 촌수가 가깝든 멀든 조정에서 벼슬하는 분이 없습니까?"

마님이 한참 동안 곰곰이 생각하더니 말했다.

"우리 당고모 아들이 나와 재종간[10]인데, 예전에 과거 급제 소식을 들었지. 지금은 무슨 벼슬을 지내는지, 여전히 벼슬을 하고 있는지도 모르겠네."

하인이 말했다.

"제가 한번 탐문해 보겠습니다."

하인이 며칠 뒤에 들어와 고했다.

"그분은 지금 승지[11]를 하고 계십니다. 연줄로 삼기에 충분하겠습니다."

꽃꽃꽃

10. **재종간再從間** 육촌 형제 사이.
11. **승지承旨** 왕명의 출납을 담당하던 승정원承政院의 정3품 벼슬.

계획을 세워 온 식구가 서울로 올라가서 창덕궁^{昌德宮} 앞 큰길가에 거처를 정했다. 하인은 승지가 퇴근하기를 기다려 길에서 승지를 집으로 초대했다. 승지가 처음에는 의아해하다가 자세히 물어 사정을 알게 된 뒤 드디어 그 집으로 가서 마님을 만났다. 마님은 즉시 술과 안주를 성대하게 차려 대접한 뒤 마침내 말을 꺼냈다.

"고단한 미망인이 의지할 곳이 없어 가깝든 멀든 친척이라고는 오직 영감[12] 한 분뿐입니다. 부디 소원히 대하지 말고 자주 들러 주세요."

승지는 그 말에 감동하여 대답했다.

"마땅히 분부대로 하겠습니다."

그 뒤로 마님은 승지가 집에 들를 때마다 좋은 술과 맛있는 음식을 은근히 대접했다. 승지는 매우 기뻐 오가는 길에 무시로 찾아오기도 하고, 때때로 사람을 보내 안부를 묻기도 하며 정의가 매우 돈독해졌다. 이 모든 일이 하인의 지휘로 이루어졌다.

하인은 또 마님에게 음식을 반드시 풍족하게 차리고, 그릇은 반드시 아름다운 것을 쓰며, 여종들에게는 곱고 화려한 옷을 입혀 이웃에 과시하게 했다. 사람들은 그 집에 벽제 소리[13]와 함께

---

12. **영감令監** 정3품과 종2품의 관원을 높여 이르는 말.
13. **벽제辟除 소리** 지위가 높은 사람이 행차할 때 종자들이 "물렀어라!" 따위로 외치며 잡인의 통행을 금하던 소리.

고관이 출입하는 것을 보고 참으로 높은 문벌의 부잣집인가 보다 여겼다.

하루는 하인이 들어와 마님에게 알렸다.

"아무 집 자제가 기골이 비범해서 이보다 나은 신랑감을 찾지 못하겠습니다. 승지 나리에게 중매를 부탁하면 반드시 성사될 겁니다."

마님이 그 말대로 승지에게 중매를 청했다. 신랑 집에서는 그 집이 승지의 친척인 데다 부자라는 말을 듣고 흔쾌히 혼인을 허락했다. 데릴사위로 맞은 신랑이 바로 훗날 계해공신[14]이 된 아무개였다.

몇 년 뒤 반정反正(인조반정) 참가자들이 큰 계획을 정하고 약속한 때를 기다려 거사를 일으키려 했다. 그 즈음에 하인이 갑자기 마님에게 알렸다.

"저는 먼 곳에 일이 있어 오래 걸리면 3, 4년, 짧으면 1년 뒤에 돌아오겠습니다."

떠난 뒤로 아무 소식이 없더니, 계해년(1623) 4월에야 돌아왔다. 어디 가서 무슨 일을 했는지 끝내 분명히 말하지 않았다.

반정 하루 전날[15] 신랑이 거사에 참가하려고 밤을 틈타 급히 차

🌿🌿🌿
14. 계해공신癸亥功臣　계해년(1623) 인조반정에 가담한 공신을 말한다.
15. 반정反正 하루 전날　인조반정은 계해년(1623) 3월 12일에 일어났는데, 여기서는 4월 이후에 일어난 것처럼 서술되었다. 착각이 있는 듯하다.

비를 하고 나갔다. 하인이 문 옆에 몸을 숨기고 있다가 갑자기 다가가서 신랑의 소매를 잡고 말했다.

"지금 어디 가십니까?"

신랑이 말했다.

"하인이 그걸 알아 뭐하게?"

하인이 허리춤의 칼집에서 칼을 뽑아 들고는 눈을 부릅뜨고 말했다.

"당신이 하는 일을 내가 왜 모르겠소? 당신은 왜 이런 멸족 당할 일을 꾸미오? 내가 이 무뢰배를 죽여 화근을 끊어 버려야겠다!"

신랑이 당황해 어쩔 줄 모르자 하인이 칼을 내려놓고 웃으며 말했다.

"제가 왜 서방님을 해치겠습니까? 장난해 봤습니다."

그러고는 또 물었다.

"서방님은 지극히 위험한 일을 하고 계십니다. 한 번에 성공하지 못하면 가족이 모두 몰살당할 텐데, 뒷문을 준비해 달아날 길을 열어 두어야 하지 않겠습니까?"

신랑이 망연자실해서 한참 뒤에 말했다.

"미처 생각하지 못했네."

하인이 웃으며 말했다.

"젊은 분들이 일을 꾸미는 게 어쩌면 이리도 허술합니까? 제가 벌써 서방님을 위해 준비해 두었습니다. 예전에 제주도를 오 갈 때 보니 바다 가운데 있는 무인도 하나가 넓어서 피난할 만했 습니다. 그래서 일전에 바닷가에서 쌀 수천 섬을 사다가 그 섬에 옮겨 두었지요. 또 큰 배 한 척을 마련해서 따로 쌀 1천 섬을 싣 고, 오늘 밤 그 배를 경강[16]에 대 놓기로 약속했습니다. 일이 성공 한다면 매우 다행스럽겠지만 만의 하나 차질이 생긴다면 제가 주 인마님과 아씨를 모시고 곧장 배를 댄 곳으로 달려갈 테니, 서방 님도 몸을 빼 나오십시오. 함께 배를 타고 바다로 나가면 섬에서 화를 피할 수 있을 겁니다. 또 세상 돌아가는 형편을 보아 시간이 오래 지나도 불이 꺼지지 않는다 싶으면 다시 배를 몰고 대양으 로 가서 중국으로 망명하시지요. 서쪽으로는 청주와 제주[17]가 있 고, 남쪽으로는 민과 광주[18]가 있으니, 높은 하늘 넓은 바다 그 어 디든 가지 못할 곳이 있겠습니까?"

신랑이 번쩍 깨닫는 바가 있어 사례하며 말했다.

"삼가 분부대로 하겠네."

하인은 신랑을 재삼 당부해 보냈다.

그날 밤 의병[19]이 도성으로 들어가 한 번 싸움으로 천하의 대세

<hr />

꽃꽃꽃꽃
16. 경강京江   서울 뚝섬에서 양화나루에 이르는 한강을 이르던 말.
17. 청주靑州와 제주齊州   지금의 산동성山東省 일대.
18. 민閩과 광주廣州   '민'은 지금의 복건성福建省, '광주'는 광동성廣東省의 성도省都.
19. 의병義兵   인조반정 세력의 군대를 말한다.

가 결정되었다. 신랑은 공신功臣으로 책봉되어 혁혁한 부귀를 누렸다. 그러자 하인이 마님에게 작별을 고했다.

"제가 상전의 은혜에 보답하는 일이 이로써 마무리됐습니다. 이제 상전으로부터 제 몸을 돌려받고 싶습니다."

마님이 말했다.

"오늘 우리 모녀가 누리는 행복이 모두 자네 덕분일세. 이제 함께 안락을 누리며 자네의 은혜에 보답하려 하는데, 왜 이리 급히 나를 떠나려 하나?"

하인이 대답했다.

"마님 댁을 위해 열심히 일하는 건 본래 제 소임이지요. 천한 종이 상전의 매질과 욕설을 면한 것만 해도 이미 큰 은혜입니다. 그래도 만약 마님께서 제게 은혜를 갚겠다고 하신다면 저를 보내 주시는 것보다 더 큰 은혜가 있을 수 있겠습니까? 지금 마님 댁에 복이 들어와서 부귀영화가 날로 더해 갈 것이니, 앞으로는 마님께서 제게 의지하실 일이 없고, 저 또한 마님 댁에서 할 일이 없습니다. 농사짓는 소가 밭갈이를 다 마쳤으면 이제 멍에를 벗고 우거진 숲 드넓은 풀밭에서 제 마음대로 자고 싶으면 자고 일어나고 싶으면 일어나도 되지 않겠습니까?"

마님은 더 이상 만류할 수 없겠다 싶어 물었다.

"장차 어디로 가려는가?"

하인이 대답했다.

"저는 본래 정처가 없는 사람입니다. 어딘들 못 가겠습니까?"

마침내 떠났는데, 끝내 어디로 갔는지 알 수 없었다.

나는 두어 사람에게 이 이야기를 들었는데, 이야기가 저마다 달랐다. 이른바 '계해공신'이라고 한 신랑을 어떤 이는 연양부원군 이시백[20]이라 하고, 어떤 이는 원평부원군 원두표[21]라 했다. 누구인지 분명히 알 수 없어 나도 정확히 지칭하지 못했다.

어떤 이는 원두표 집안이 지금도 섬에 있는 농장에서 해마다 깨 100섬을 거두고 있는데, 그 섬이 바로 하인이 말한 피난처라고 했다. 어떤 이는 또 원두표가 하인의 쓰임새를 알고 밀실로 불러들여 큰 계획을 알린 뒤 거사를 함께하려 했다고 했다. 그때 하인은 묵묵히 불응하다가 즉시 뛰쳐나와 오랫동안 간 곳을 알 수 없더니 반정 하루 전에 비로소 돌아와 이렇게 말했다고 했다.

"제가 이미 섬에 곡식을 쌓아 두고 경강에 배를 대 놓았습니다."

섬에 있는 농장 이야기는 그 진위를 알 수 없지만, 만약 그게 사실

🌿🌿🌿

20. **연양부원군延陽府院君 이시백李時白**　생몰년 1581~1660년. 호는 조암釣巖이고, 본관은 연안延安이다. 부친 이귀李貴를 도와 인조반정에 공을 세워 정사공신靖社功臣이 되고, 연양부원군에 봉해졌으며, 이조판서·영의정을 지냈다.

21. **원평부원군原平府院君 원두표元斗杓**　생몰년 1593~1664년. 호는 탄수灘叟이고, 본관은 원주이다. 역시 인조반정에 공을 세워 정사공신이 되고, 원평부원군에 봉해졌으며, 형조판서·좌의정을 지냈다.

28

이라면 과연 원두표의 일이 맞을까? 역시 정확히 알 수 없다. 또 저 하인은 영웅의 심안心眼을 지녔거늘, 어찌 일의 조짐을 알아차리지 못하고 있다가 면전에서 이야기를 들은 뒤에야 사태를 파악했겠는 가? 결코 사실이 아닌 줄 알아 나는 이 이야기를 취하지 않았다. 하인의 전후 행적은 실로 기이하고 변화를 헤아릴 수 없으니, 혹시 과장된 이야기가 포함되었을 수 있으나 완전한 허구가 아니라는 것만은 확실하다.

송나라 이래로는 세상에서 사람을 등용할 때 정해진 규범 안에 있는 사람만 찾아 썼다. 그러므로 기이한 능력을 지녔지만 자잘한 규범을 무시하는 선비는 진량이 기록한 용가와 조구령[22]처럼 모두 초야에서 헛되이 생을 마쳤다. 용가와 조구령도 당초에 사람들에게 알려지지 않은 인물이었다. 참으로 괴이한 것은 장준이 화원의 늙은 병사에게 일을 맡겨 그 능력을 시험해 본 뒤 상객上客으로 삼아 군무軍務에 참여시키지 않고, 도리어 이끼 낀 계단과 꽃 그림자가 있는 화원에서 다시 낮잠을 자며 꿈이나 꾸게 한 일[23]이다. 대체 왜 그

※※※※

22. **진량陳亮이 기록한 용가龍可와 조구령趙九齡** '진량'은 남송南宋의 학자로, 호는 용천龍川이다. 용가와 조구령은 진량이 쓴 「중흥유전」 서문」(中興遺傳序)에 등장하는 인물이다. 이 글에 의하면, 용가와 조구령이 우연히 만나 활쏘기를 했는데, 용가의 백발백중 활솜씨에 조구령이 감탄하자 용가는 큰 재주라 할 수 없다며 3년 뒤에 송나라 땅이 남의 손에 넘어갈 것이라 예언하고 자취를 감추었다. 3년 뒤 과연 요나라의 침입으로 송나라가 북방 영토를 빼앗겼는데, 조구령은 전쟁 중 여러 차례 좋은 계책을 냈으나 모두 쓰이지 않자 은둔하다가 생을 마쳤다.

23. **장준張俊이 화원의~꿈이나 꾸게 한 일** 장준은 늙은 병사가 해외무역을 통해 막대한 이익

랬던 것일까?

우리 인조仁祖 임금 즉위 초에는 임진왜란이 끝난 지 얼마 되지 않은 상황에서 다시 북쪽의 청나라와 전쟁이 일어날 조짐이 있었으니, 참으로 훌륭한 인재를 등용해야 할 시기였다. 닭 울음소리를 흉내 내거나 좀도둑질을 하는 재주[24]라도 버려서는 안 되거늘, 하물며 이처럼 뛰어난 재주와 위대한 지략을 지닌 하인이야 더 말할 나위가 있겠는가? 신랑 역시 하인의 재주를 잘 알고 있었을 텐데, 왜 진흙 속에 묻힌 진주를 찾아 깨끗이 닦아 쓰지 않고 그냥 떠나도록 내버려 둔 채 조금도 아까워하지 않고 진주를 내버린 것일까? 예나 지금이나 똑같으니 참으로 개탄스럽다.

이 모든 일이 정해진 규범 안에서만 인재를 구한 탓이다. 우리나라는 송나라에 비해 규모가 매우 협소한 데다 엄격한 신분 제약까지 두어 사람을 쓴다. 하인이 세상에 쓰였다 한들 남의 수하에서 통제받는 신세를 면치 못했을 것이니, 하늘까지 드리우는 커다란 날개를 펼치지 못했을 것이요, 유성처럼 빠른 걸음을 내달리지 못했을 것이다. 그러므로 빛을 숨겨 자취를 감추고도 후회하지 않았을

을 거두고 돌아온 뒤 후한 상을 내리며 다시 해외로 나가 무역을 하라고 했는데, 병사는 다시 가면 실패할 것이라며 예전 그대로 화원을 지키겠다고 했다. 앞의 주5 참조.

24. 닭 울음소리를~하는 재주 보잘것없지만 위급할 때 소용이 될 수 있는 재주. 전국시대 제齊나라의 맹상군孟嘗君이 진秦나라에 억류되어 위기에 처했을 때 진나라 궁중에 잠입해 호백구狐白裘(흰 여우 가죽으로 만든 진귀한 외투)를 훔쳐 온 식객과 닭 울음소리를 흉내 내 성문을 일찍 열게 한 식객의 도움을 받아 목숨을 건졌다는 고사에서 나온 말.

터이다. 이런 사람이 어찌 땅에서 솟구쳐 하늘까지 뻗는 기운으로 남의 발밑에서 잔명殘命을 보전하려 했겠는가? 그 신묘한 용기와 기이한 지혜가 때때로 실마리를 보인 것은 응룡[25]이 언뜻 비늘 하나를 보이는 것과 같다. 하인은 자기 재주를 자랑하고 싶어서 그랬던 것이 아니다. 단지 가슴의 피가 뜨거워 주인의 은혜에 보답하고자 소임을 다하는 과정에서 재주를 드러낸 것뿐이다. 하인은 그렇게 묵은 빚을 다 갚고 난 뒤 훌쩍 먼 곳으로 떠났다. 세상에서 정녕 나를 쓰려 하지 않는데 잠시라도 머물 이유가 어디 있겠는가? 하인은 오래 전부터 그런 생각을 해 왔을 것이다. 만약 영웅다운 군주가 그를 지기로 삼았다면 어찌 번쾌와 관영,[26] 막장군과 위청[27]만 한 업적을 남기지 못했겠는가?

———

25. **응룡應龍** 중국 고대 전설에 나오는 날개 달린 용. 황제黃帝를 도와 치우蚩尤를 죽이고, 우왕禹王의 치수를 도왔다는 전설이 있다.
26. **번쾌樊噲와 관영灌嬰** 한나라의 개국공신. 본래 번쾌는 개백정, 관영은 비단장수로 둘 다 출신이 미천했으나 한나라 고조高祖 휘하의 명장이 되었다.
27. **막장군莫將軍과 위청衛靑** '위청'은 앞의 주 2 참조. '막장군' 역시 비천한 출신에서 입신한 장수일 것으로 짐작되나 누구인지 미상.

도적 재상

임매

세상의 온갖 악惡 중에 도적이 가장 흉악하다. 사람을 죽이고 불을 지르고 남의 재물을 약탈하면서도 죽음을 두려워하지 않고 부끄러움을 알지 못하니, 참으로 증오하고 배척할 대상이다. 그러나 한편으로는 도적질이란 녹록하고 쩨쩨한 자라면 할 수 없는 일이기도 하다.

주자[1]가 말했다.

"종고[2] 선사禪師는 승려가 되지 않았다면 필시 산적 두목이 되었을 것이다."

종고는 호걸스럽고 남다른 모습을 지녔으나 불교 계율에 묶여 본래의 기질이 날뛰는 것을 간신히 면했기 때문에 한 말일 것이다.

예로부터 산적 중에 스스로 대왕이라고 칭한 자들은 모두 그 재

---

1. **주자朱子** 남송南宋의 학자 주희朱熹(1130~1200)를 말한다.
2. **종고宗杲** 생몰년 1107~1163년. 남송 초 선종禪宗을 대표하는 승려로서, 화두話頭를 들고 참선하는 간화선看話禪을 주창했다.

주가 보통 사람보다 뛰어났다. 이들이 만약 하루아침에 칼을 버리고 바른 길로 돌아가면 한나라의 왕상[3]이나 당나라의 이적[4]과 같은 명장도 될 수 있고, 진晉나라의 대연[5]이나 주처[6] 같은 명사도 될 수 있다. 그러니 도적의 재주를 어찌 과소평가할 수 있겠는가?

고려 시대에 한 선비가 있었다고 한다. 큰 재주를 지녔지만 재산이 한 푼도 없어 삼순구식[7]하며 해진 옷을 입고 다녔으나 글공부에 온 힘을 다해 반드시 명성을 떨치겠다고 결심했다. 선비는 산사山寺로 들어가 과거 공부를 하며 몇 달 동안 집에 돌아가지 않았다. 아내가 쌀을 마련해 보내며 편지를 함께 부쳤다.

지난번 보낸 쌀은 제 왼쪽 머리카락을 잘라 마련했습니다. 지금 또 오른쪽 머리카락을 잘라 얼마 안 되는 쌀을 마련했

❧❧❧❧

3. **왕상王常** 후한後漢의 대장군. 왕망王莽의 신新나라 때 호북성湖北省의 녹림산綠林山에서 군사를 일으켜 광무제光武帝와 함께 신나라를 멸망시켰다.

4. **이적李勣** 당나라의 무장. 수隋나라에서 대장군을 지내다가 당나라 고조高祖에게 투항하여 병부상서兵部尚書를 지냈다. 당 태종太宗과 함께 당나라 영토 확장에 큰 공을 세웠다.

5. **대연戴淵** 동진東晉의 문신이자 서예가. 젊었을 때 도둑질을 하는 등 방탕하게 살다가 육기陸機의 권고를 받아들여 뜻을 세우고 대신이 되었다.

6. **주처周處** 동진 때의 인물로, 젊었을 때 고향에서 무뢰배 짓을 하고 다녀 고을 백성들에게 큰 피해를 끼쳤기에 호랑이·교룡과 함께 세 가지 환난으로 지목되었다고 한다. 훗날 잘못을 뉘우치고 벼슬길에 나서 강직한 신하로 평가 받았다.

7. **삼순구식三旬九食** 30일 동안 아홉 끼니밖에 먹지 못한다는 뜻으로, 몹시 가난함을 이르는 말.

습니다. 앞으로는 자를 머리카락이 없으니 우물에 몸을 던져 죽는 수밖에 없습니다.

선비는 편지를 보고 묵묵히 생각했다.

'내가 애써 공부하는 것은 장차 좋은 성적으로 과거에 급제해서 처자식과 부귀를 함께 누리기 위해서다. 하지만 지금 과거 급제는 기약할 수 없고 조강지처가 죽게 생겼으니, 공부는 해서 무엇할까?'

마침내 책을 싸서 집으로 돌아오니 아내가 까까머리를 하고 앉아 있다가 남편을 보고는 얼굴을 가리고 울었다. 선비는 저도 모르게 서글퍼져 간신히 몇 마디 말로 아내를 위로하고 밖에 나와 앉아 하늘을 우러러 길게 탄식했다.

"아아, 하늘이시여! 왜 나를 이 지경에 이르게 했나이까? 내 문장이 남만 못합니까? 내 재주가 남만 못합니까? 가문이 남만 못합니까? 풍채가 남만 못합니까? 그렇건만 나이 서른이 되도록 과거 급제 하나를 못했나이다. 뱃속에 만 권의 책이 들었지만 굶주림 한 번 면할 수 없고, 붓을 들면 천 편의 글을 쓸 수 있지만 술 한 잔 살 돈이 없나이다. 내 몸은 고달프고 초췌하며, 처자식은 헐벗고 굶주렸나이다. 왜 나를 이 지경에 이르게 했나이까?"

이윽고 분발하는 마음을 먹고 생각했다.

'하늘이 나에게 재주를 내렸다면, 반드시 구렁에 빠져 죽게 하지는 않을 것이다. 대장부가 어찌 가난 때문에 뜻을 꺾을 수 있겠나! 초심으로 돌아가 더욱 분발해서 일이 자연히 이루어질 때를 기다리는 게 옳다.'

잠시 후 다시 탄식했다.

"나는 이미 가난의 불구덩이와 굶주림의 강물 속에 빠져 당장 불에 타고 물에 빠질 지경이거늘 어느 세월에 부귀해지기를 바라겠는가? 붓을 태워 버리고 달리 생계를 꾸릴 방법을 찾는 게 낫다."

이윽고 또 탄식했다.

"만백성이 업으로 삼는 일이란 사농공상士農工商의 네 가지뿐이다. 이제 선비도 될 수 없고, 기술도 배운 적이 없으니, 별안간 무슨 일을 할까? 농사짓거나 장사하는 두 길뿐인데, 농사를 짓자니 땅이 없고, 장사를 하자니 밑천이 없다. 달리 생계를 꾸릴 방법을 찾고자 하나 장차 무엇을 할 수 있겠는가?"

백방으로 궁리하며 비탄에 빠져 있다가 한밤중에 벌떡 일어나서 말했다.

"도적이 되는 일뿐이다! 대장부가 가만히 앉아서 죽기만 기다려서야 되겠는가?"

즉시 빠른 걸음으로 성문을 나가 숲속 깊은 곳을 두루 다니며 도적의 소굴을 찾았다. 과연 수백 명의 도적이 한곳에 모여 바야흐로 도적질을 모의하고 있었다. 선비가 대담하게 곧장 들어가

두목의 자리를 차지하고 앉자 도적들이 깜짝 놀라 물었다.

"뉘십니까?"

"나는 아무 곳에 사는 아무개다."

"왜 오셨습니까?"

"자네들의 대장이 되러 왔다."

"무슨 재주가 있습니까?"

"나는 가슴속에 『육도』와 『삼략』[8]을 품었고, 풍운風雲의 변화가 내 손 안에 들었으며, 삼교와 구류[9]를 마치 내가 한 말처럼 외우고, 천문과 지리를 손바닥 보듯 낱낱이 안다. 자네들이 나를 대장으로 삼는다면 가는 곳마다 성공할 것이요 무한한 이익이 따를 게다."

도적들이 서로 돌아보며 말했다.

"이분이 호언장담하는 걸 보니 필시 실속이 있을 듯하다. 또 사족士族이라고 하니 우리 대장이 되실 만하다."

선비가 말했다.

"내가 대장이 되는 것을 자네들이 허락했으니, 장군과 병사 간

---

8. 『육도』六韜와 『삼략』三略 중국 고대의 병법서. 『육도』는 주周나라의 태공망太公望이 지었다고 전하며, 『삼략』은 황석공黃石公이 지어 한나라의 개국공신 장량張良에게 전했다고 전한다.

9. 삼교三敎와 구류九流 종교·사상·학술의 온갖 유파를 통틀어 이르는 말. '삼교'는 유교·불교·도교, '구류'는 유가·도가·음양가陰陽家·법가法家·명가名家·묵가墨家·종횡가縱橫家·잡가雜家·농가農家를 가리킨다.

의 예를 행해야겠다."

도적들이 선비를 부축해 높은 언덕 위에 걸터앉게 한 뒤 그 아래에 죽 늘어서 절했다. 선비가 말했다.

"군중에 기율과 약속이 없어서는 안 된다. 명령을 위반하는 자는 중벌로 다스리겠다."

모두들 말했다.

"장군의 명령을 누가 감히 어기겠습니까?"

선비가 말했다.

"훌륭한 도적이라면 모름지기 지智와 인仁과 용勇의 세 가지 덕을 갖추어야 한다. '지'라는 것은 때에 알맞게 계획을 세워 깊숙이 간직한 재물을 끄집어내는 것이다. '인'이라는 것은 사람을 해치지 않고 차마 가져서는 안 되는 재물은 취하지 않는 것이다. '용'이라는 것은 일이 닥쳤을 때 과감해서 떨거나 두려워하지 않는 것이다. 담을 넘고 지붕을 뛰어넘으며 오고가는 자취를 남기지 않는 것은 '용'의 아래 덕목이다. 이 세 가지를 갖춘 뒤에야 훌륭한 도적이라고 이를 만하다. '지'는 때에 알맞게 발휘하면 되고, '용'은 저마다 지닌 자질에 따르는 것이다. 오직 '인'이 가장 중대하니, 약속을 분명히 정해 두지 않을 수 없다."

도적들이 모두 그 말을 듣고는 공경의 표시로 두 손을 맞잡고 앉자 선비가 말했다.

"취해서는 안 되는 재물이 세 가지 있다. 첫째, 선량한 백성의 재산이다. 가난한 집의 아버지와 자식, 형제가 손발에 굳은살이 박이도록 밤낮으로 부지런히 일해서 간신히 모은 재산을 취하는 것은 '인'이 아니다. 둘째, 상인의 짐이다. 바람과 눈을 무릅쓰고 안개와 이슬을 맞으며 험한 길을 넘어 사방 천 리에서 천신만고 세월을 보내도 남는 이익이 없거늘, 이들의 재물을 취하는 것은 '인'이 아니다. 셋째, 관가의 창고에 비축된 재물이다. 이는 국가를 위해 바친 만백성의 고혈인데, 이것을 취한다면 나라의 쓰임이 부족해 백성의 고혈을 거듭 착취할 터이니 가장 해서는 안 될 일이다. 결코 이 재물을 취해서는 안 된다.

우리가 취해도 좋은 재물은 오직 임기를 마친 고을 수령이 돌아가면서 가져가는 짐과 권세 있는 가문의 뇌물이다. 이는 모두 본래 국가의 물건인데 저들이 훔쳐서 가진 것이다. 국가의 물건은 마땅히 나라 백성들이 함께 가져야지 한 사람이 독차지해서는 안 된다. 하물며 저들이 훔친 것을 내가 다시 훔치는 것이니, 어찌 명분이 바르고 의리에 맞지 않겠는가?"

도적들이 모두 손뼉을 치며 칭송했다.

"지당하고 지당한 말씀입니다!"

그리하여 선비는 도적들에게 고을 수령의 사사로운 짐이 오가는 게 있는지 정탐하게 했다. 도적들이 보고하자 선비가 기발한 계책을 내서 방법을 지시했다. 과연 얻지 못하는 재물이 없고 들키지도 않으니, 도적들이 모두 기뻐하며 복종했다. 선비는 훔친 재물 중 일부를 자기 집의 가난을 약간 면하는 데 쓰고 나머지는 모두 도적들에게 나누어 주었다. 이 때문에 도적들 중에 선비를 칭송하지 않는 이가 없었으나, 선비의 이웃 사람들은 끝내 선비가 무슨 일을 하는지 알아차리지 못했다.

그렇게 몇 년이 지났다. 선비가 다시 도적들을 후미진 곳에 일제히 모이게 한 뒤 널리 알렸다.

"우리가 이런 짓을 하는 건 고작 입고 먹기 위해서일 뿐이다. 소소한 노잣돈은 우리의 손이나 조금 적실 뿐이고, 훔친 물건을 자주 시장에 내다팔기도 늘 근심스럽다. 한 판 크게 훔쳐서 일생의 생계에 근심이 없게 한 뒤 옛날의 습속을 완전히 버리고 유쾌하게 유유자적 사는 게 좋지 않겠는가?"

도적들이 모두 엎드려 말했다.

"참으로 좋습니다!"

선비가 말했다.

"그렇다면 자네들은 전국에서 가장 재물이 많은 자를 수소문해서 보고하라."

며칠 뒤 도적 하나가 와서 말했다.

"도성 안에 있는 아무개 관리의 집이 지극히 부유해서 3천 냥씩 든 궤짝 네댓 개를 다락 위에 숨겨 두었습니다. 다만 그 집은 앞에 큰길이 있고 좌우에 민가가 많으며 뒷담 높이가 거의 두 길이나 되고 겹겹으로 문과 벽이 있어서 그 깊숙한 곳까지 손을 대기가 참으로 어렵습니다."

선비가 말했다.

"그 집 주인이 본래 탐욕스럽게 모은 재물이니, 우리가 가질 만하다. 그런데 그 집 뒷담 밖에 통행하는 길이 있던가?"

"큰길로 통하는 좁은 골목길이 있습니다."

"그렇다면 쉬운 일이다. 열 겹의 쇠문이 있다 한들 우리가 날아드는 것을 누가 막을 수 있겠나?"

선비는 10여 명을 시켜 강어귀로 가서 여러 색깔이 섞이고 크기가 계란만 한 동그란 수마석[10]을 1인당 10개씩 주워 오게 했다. 또 10여 명을 시켜 돌을 나누어 간직하게 한 뒤 명령했다.

"너희들은 몸을 숨기고 그 집 담장 밖으로 가서 집 안으로 돌을 던져라. 첫날에는 한 번씩, 이튿날에는 두 번씩, 날마다 한 번씩 더 던지고, 다섯째 날 이후로는 다섯 번을 넘기지 말라. 반드시 틈을 엿보아 던져서 남들에게 들키지 않도록 해라."

담장 밖에서 그 집으로 날마다 그치지 않고 돌이 날아들었다. 그릇이 깨지기도 했고, 사람의 머리에 맞아 다치는 일도 있었다. 돌은 모두 여러 색깔이 섞인 동그랗고 매끈한 것이었다. 처음에는 담장 밖에서 누군가가 장난을 치는 것이라 여기고 여럿이 떠들썩하게 욕을 해댔다. 그러나 얼마 뒤에는 의심하며 괴상하게

❧❧❧❧
10. **수마석**水磨石 물결에 씻겨 닳아서 반들반들한 돌.

여겼고, 결국은 온 집안이 놀라고 두려워하며 집에 귀신이 들렸다고 생각하기에 이르렀다. 그러자 도적이 와서 보고했다.

"그 집에서 맹인을 불러다 점을 치고 있습니다."

며칠 뒤에는 점치는 맹인이 주문을 왼다는 보고가 들어왔고, 이윽고 집안 식구들이 재앙을 피해 다른 곳으로 떠날 궁리를 하고 있다는 보고가 또 들어왔다. 또 며칠 뒤에 도적이 와서 말했다.

"과연 온 집안 식구가 집을 떠나고 하인 몇 사람만 남아 안채를 지키고 있습니다."

선비가 말했다.

"됐다!"

선비는 상여 다섯 대를 마련해 장례 도구를 차린 뒤 후미진 곳에 숨겨 두었다. 그러고는 장사 100여 명을 뽑아 그 집 문 밖에 숨어 있다가 재물을 나르게 했다. 또 몸이 민첩한 자 몇 사람을 뽑아 뒷담을 넘어들어 어둠 속에 숨어 있다가 때가 되면 문을 열게 했다. 또 장사 두 사람을 뽑아 야차[11]의 얼굴로 분장하고 몸에는 반포[12]를 두르고 손에는 삼지창을 들게 했다.

한밤중에 야차로 꾸민 두 사람이 담을 넘어 들어가 중당[13]에 서

꿔꿔꿔꿔

11. **야차夜叉**　산스크리트어 야크샤Yaksa의 음차音借. 모습이 추악하고 하늘을 날아다니며 사람을 잡아먹는 포악한 귀신으로, 훗날 부처의 교화를 입어 불법을 수호하는 신장神將이 되었다.

12. **반포斑布**　짙은 남색의 실과 흰 실을 섞어서 짠 수건 감의 폭이 좁은 무명.

서 버럭 고함을 쳤다. 안채를 지키던 하인들이 꿈속에 빠져 있다가 깜짝 놀라 깨어났다. 눈앞에서 별안간 검푸른 얼굴에 머리카락이 붉은 귀신이 호랑이처럼 포효하니 너무 놀란 나머지 까무러쳐서 정신을 차리지 못했다. 그러자 두 야차가 대문을 활짝 열어 도적들을 안으로 들였다. 도적들이 조용히 다락의 자물쇠를 열고 은 몇 만 냥이 든 궤짝을 탈취하여 상여에 나눠 실었다. 방울을 흔들며 어하넘차 상엿소리를 하면서 앞서거니 뒤서거니 도성 문을 나왔다. 들판 후미진 곳에 이르러 궤짝을 부수고 은을 꺼낸 뒤 선비가 1천 냥을 차지하고 나머지를 도적들에게 나누어 주니 모두 충분한 재산을 마련했다. 그러고 나서 서열대로 늘어앉아 하늘을 향해 맹세했다.

"예전에 했던 일을 감히 또 한다면 하늘이여, 우리에게 천벌을 내리소서!"

도적들은 그동안 썼던 온갖 기구와 무기를 모조리 불사르고 모두 흩어졌다.

선비는 이제 의식 걱정 없이 글공부에 전념하여 몇 년 뒤 과거에 갑과[14]로 합격했다. 문장과 재주를 조정에서 인정받아 큰 고을의 수령을 연이어 지내고 관찰사를 여러 번 지냈으며 청백리로

❧❧❧❧

13. **중당中堂** 집 중앙에 있는 건물.
14. **갑과甲科** 문과文科 합격자의 첫째 등급. 총 33명의 합격자를 세 등급으로 나누었는데, 최상 등급인 갑과는 3명, 을과乙科는 7명, 병과丙科는 23명이었다.

세상에 명성을 떨쳤다. 훗날 재상이 되어 사구[15]의 직책을 맡기에 이르렀다. 한편 아무개 관리는 은을 다 잃어버린 뒤 집안 살림이 차츰 무너지더니 다시 떨쳐 일으키지 못하고 죽었다. 또 그 아들은 죄를 짓고 감옥에 갇혀 장차 사형을 당하게 되었다. 선비가 그 사실을 알고 재판 기록을 보니 끝내 살릴 방도가 없었다. 선비는 물러나와 임금에게 상소를 올렸다.

신臣은 소싯적에 굶주림과 추위에 몰려 도적 무리에 들어갔다가 이 사람의 재물에 힘입어 목숨을 보전하고 요행으로 과거에 급제하여 외람되이 은혜를 입기에 이르렀습니다. 이 사람이 없었다면 신은 오래 전에 이미 구렁에 쓰러져 죽는 신세가 되었을 것이니, 어찌 오늘이 있겠습니까? 신의 예전 행동이 단정하지 못하여 나라의 기강을 범하는 죄를 지었습니다. 만 번 죽어도 죄를 갚기 어려우니, 아무리 가혹한 형벌이라도 달게 받겠습니다. 바라옵건대 제 벼슬을 모두 거두고 이 사람의 죄를 용서해 주신 뒤 저를 벌하여 죽여 온 나라 백성들에게 보이소서. 또 수백 명의 도적을 일시에 해산하여 나라에 위급한 일이 사라지고 백성들이 약탈의 재앙을 면하게 된 것도 실은 이 사람이 모은 재

꽃무늬

15. 사구司寇 주周나라 때 형벌을 맡아보던 벼슬. 여기서는 형조판서刑曹判書를 말한다.

산 덕분이니, 죄를 용서하시어 살리는 쪽으로 논의하여 주시기 바라옵니다.

임금이 상소를 보이자 신하들이 의논한 뒤 일제히 말했다.

"이 신하는 본래 충성스럽고 근실한 사람이니, 소싯적에 방자하게 행동한 잘못 때문에 개과천선한 지금 뒤늦게 벌을 내려서는 아니 되옵니다."

조정에서는 이에 따르고, 아울러 관리 아들의 죽음을 면하게 하도록 허락했다고 한다.

내가 고려의 역사를 보니, 장수와 재상과 명신 중에 위대하고 호탕한 인물이 많았다. 반란을 일으킨 권세 있는 간신들도 흉악하기 그지없는 일을 하는 데 거침이 없었다. 그래서 나는 그 시대의 인품과 습속이 시원시원하며 과단성이 있고 굳세어 자잘한 법도에 얽매이지 않았다고 생각했다. 지금 이 선비의 일생을 보더라도 그렇지 않은가? 어떤 이는 이 선비가 본조인[16]이라고 하는데, 그건 사실이 아니다. 본조本朝의 인물은 아무리 호걸스럽고 우뚝한 사람이라 할지라도 반드시 전전긍긍 살얼음을 밟듯이 조심하는 마음을 가지고

16. **본조인本朝人** 조선 왕조의 사람을 말한다.

있다. 간혹 거리낌 없이 행동하며 자잘한 일에 속박 받지 않는 무리가 있기는 하나 이들 또한 시와 술에 마음을 붙이고 기개와 절조를 중히 여겨서, 규범을 마음 편히 버리고 예법을 지키지 않으며 거침 없이 방자한 행동을 하지는 못했다. 그래서 나는 이 이야기의 선비가 고려 사람이리라 생각한다.

채생의 기이한 만남

이현기

영조英祖(재위 1724~1776) 말에 채생蔡生이라는 사람이 살았다. 집이 몹시 가난해서 숭례문 밖의 만리현[1]에 세 들어 살았다. 달팽이집처럼 작은 집은 다 쓰러져 갔고 보잘것없는 식사조차 수시로 걸렀다.

채생의 아버지는 몸가짐이 단정하고도 진중했고 조용히 자신을 지켜 굶주림과 추위 때문에 지조를 바꾸지 않았다. 채생의 아버지는 오직 채생을 엄하게 가르쳐 가문을 이어 가겠다는 일념뿐이었다. 그리하여 채생에게 한 가지라도 옳지 못한 점이 있으면 결코 사랑으로 포용하지 않고 그때마다 반드시 채생을 발가벗겨 노끈으로 만든 그물 속에 들어가게 한 뒤 대들보 위에 높이 매달고 몽둥이질을 하며 이렇게 말했다.

"우리 가문의 흥망은 오직 네 한 몸에 달렸다. 혹독한 벌을 내

1. **만리현萬里峴** 만리재. 서울역 서쪽 만리동에서 공덕동으로 넘어가는 고개.

리지 않고서 어찌 네가 잘못을 뉘우치기를 바라겠느냐?”

이때 채생은 열여덟 나이에 우수현²의 목학구³ 집으로 장가들었다. 채생의 아버지는 채생이 결혼하던 날에도 정해진 공부를 하게 했고, 채생이 아내를 맞은 뒤에는 부부가 잠자리를 함께하는 일까지 날짜를 지정해서 허락해 주었다.

어느 날 아버지가 채생에게 분부했다.

“한식寒食이 나흘 남았구나. 내가 직접 산소에 가서 제사를 올려야 옳다만, 네가 혼인한 뒤 아직 성묘하지 않았으니 인정으로나 도리로나 모두 마땅치 않다. 내일 새벽부터 서둘러 길을 가면 사흘 동안 100여 리는 갈 테니, 날짜에 맞춰 산소에 도착할 수 있을 게다. 제사를 올릴 때는 모름지기 ‘정성 성誠’ 자 하나에 충실하도록 하고, 절하고 꿇어앉고 드나드는 모든 행동에 조금도 소홀함이 없게 해라. 가는 길에 아녀자들의 무리나 상여를 만나거든 반드시 몸을 피해 보지 말고 마음을 깨끗이 하는 데 힘써라.”

채생은 공손히 분부를 받들었다.

이튿날 새벽 채생이 떠날 때 아버지는 문밖까지 나와 당부했다.

“긴 여행길에 절대로 시간을 헛되이 보내지 말고 경서經書 한 권을 암송하며 가도록 해라. 여관에서는 반드시 음식을 절제해서

2. 우수현禹水峴 서울 용산구 동자동에서 후암동으로 넘어가는 고개.
3. 목학구睦學究 목씨 성의 선비. ‘학구’는 벼슬하지 않은 선비, 혹은 훈장을 일컫는 말.

병에 걸리지 않도록 해라. 부지런히 애써서 내 바람에 꼭 부응해야 한다!"

채생은 두말없이 분부대로 하겠다고 했다.

채생이 남대문을 지나 십자가⁴로 접어들었다. 갈의⁵를 입고 미투리를 신은 행색이 매우 초라했다. 그때 갑자기 사납게 생긴 건장한 하인 대여섯 명이 황금 굴레와 수놓은 안장을 채운 한 마리 준마를 데리고 길가에 서 있다가 채생에게 절을 했다. 채생은 부끄러워 얼굴을 붉히고 어쩔 줄 몰라 하며 걸음을 재촉해 달렸다. 그러자 하인들이 채생을 빙 둘러싸더니 예를 갖추어 말했다.

"쇤네 집의 영공⁶께서 서방님을 모셔 오라 하십니다. 어서 말에 오르시지요."

채생은 의아하여 우물우물 말했다.

"자네들은 뉘 댁 하인인가? 나는 아무 데도 현달한 친척이 없거늘 어찌 내게 말을 보낼 사람이 있겠는가? 어서들 가게!"

하인들이 힘을 합해 다짜고짜 채생을 붙들어 안고는 강제로 말 안장 위에 태운 뒤 채찍을 치니 용이 날아가듯 준마가 달렸다. 채생은 눈을 휘둥그레 뜨고 입을 쩍 벌린 채 마음을 진정하지 못하고 슬피 울부짖었다.

---

4. **십자가十字街** 네거리. 여기서는 종로 네거리를 말한다.
5. **갈의葛衣** 거친 칡베로 만든 옷.
6. **영공令公** 영감令監. 정3품과 종2품의 관원을 높여 이르는 말.

"나는 부모님이 모두 연로하시고 형제가 없소. 제발 자비를 베풀어 목숨을 살려 주오!"

하인들은 못 들은 척하고 오직 말을 달릴 뿐이었다.

잠시 후 어떤 대문 안으로 말을 달려 들어갔다. 작은 문을 무수히 지나니 거대한 건물이 보였다. 집의 규모가 몹시 컸고, 문미門楣와 서까래가 화려하게 채색되어 있었다. 하인들이 채생을 양옆에서 부축해 마루로 오르게 했다.

마루 위에는 노인 한 사람이 있었다. 노인은 오사절풍건7에 진주 갓끈을 달아 썼고, 양쪽 관자놀이에는 한 쌍의 금관자8를 붙였으며, 큰 꽃을 수놓은 푸른 비단으로 만든 창의9를 입고, 홍조아10를 허리에 띠고, 침향목11으로 만든 의자에 높이 앉아 있었다. 그 좌우에는 아리땁게 단장하고 화려한 옷을 입은 여종 대여섯 명이 늘어서 있었다. 채생이 황망히 절하고 무릎을 꿇자 노인은 채생을 부축해 일으키며 인사말을 건네고 채생의 성명과 가문과 나이를 차례대로 물었다. 채생이 즉시 하나하나 대답하자 주인 노인

꽃꽃꽃꽃

7. **오사절풍건烏紗折風巾** 검은 비단으로 만든, 고깔 모양의 관冠.
8. **금관자金貫子** 정2품·종2품의 관원이 붙이는 황금빛 관자. '관자'는 상투에 동여매는 줄을 꿰기 위해 망건에 다는 단추 모양의 고리.
9. **창의氅衣** 벼슬아치가 평상시 입던 웃옷.
10. **홍조아紅條兒** 3품 이상 관원이 사복(私服)에 띠는, 붉은 실을 가늘게 꼬아 만든 허리띠.
11. **침향목沈香木** 인도와 동남아시아에서 나는 상록교목으로, 향기가 좋아 장식재나 향으로 쓴다.

은 기쁜 얼굴로 말했다.

"그렇다면 내 딸이 과연 기박한 운명은 아니로군."

채생은 내내 바보처럼 멍한 상태로 무슨 일인지 이해하려 해도 알 수 없고 무슨 영문인지 묻고 싶어도 물을 수 없어 얼굴만 붉게 물들인 채 두 손을 맞잡고 공손히 앉아 있었다. 주인 노인이 말했다.

"우리 집은 대대로 장사를 업으로 삼아 왔는데, 외람되이 금관자를 붙이고 붉은 도포를 입는 자리[12]를 차지했고 재산도 넉넉해서 부족할 게 없소. 다만 슬하에 오직 딸 하나가 있는데, 남의 집 폐백을 받아 놓고 미처 혼례를 치르기도 전에 신랑이 갑자기 요절하고 말았소. 청춘을 텅 빈 규방에서 보내야 하니 사정이 지극히 가련하지만, 지켜야 할 예법이 있고 남들의 이목에 가로막혀 다른 곳에 시집가지 못한 채 어느덧 3년이 흘렀소. 그러다 어젯밤 딸이 문득 서글피 울며 탄식하는데 소리마다 한이 배어 마디마디 애간장이 끊어졌소. 길 가는 사람이라도 그 소리를 들으면 마음 아파할 터인데, 하물며 이 딸은 내 유일한 혈육이란 말이오. 하루를 참고 보면 하루의 근심이 생기고 백 년을 참고 보면 백 년 동안 즐거움이란 없는 게요. 결함투성이 이 세상에 시간은 쏜살같이 흘러가니, 비록 아름다운 음악으로 귀를 즐겁게 하고 비단

❀❀❀❀

12. 금관자를 붙이고~입는 자리 정3품 이상 당상관堂上官의 지위. 금관자와 붉은 도포는 당상관의 복식服飾이다.

채생의 기이한 만남 _ 55

으로 눈을 호강시키고 기름진 음식으로 입을 기쁘게 한들 기쁨을 충분히 누리지 못했다고 여전히 한스러워할 터, 내 어찌 날마다 눈물 흘리며 괴로워하고 서글피 원망하며 살아갈 수 있겠소? 이토록 궁박한 처지에 이르러 어쩔 수 없이 한 가지 방책을 생각해 냈소. 새벽에 서울 큰 거리로 하인들을 내보내 현명하든 어리석든, 귀한 신분이든 천한 신분이든 따지지 말고 반드시 처음 만나는 젊은이를 무슨 수를 써서라도 데려오게 해서 아름다운 인연을 맺어 주기로 말이오. 뜻밖에도 그대와 내 딸이 부부의 인연이 있어 일이 공교롭게 들어맞았으니, 내 딸의 외로움을 가련히 여겨 곁에 시중을 들게 해 주기 바라오."

채생은 더욱 놀라 눈을 휘둥그레 뜨고 감히 대답하지 못했다. 그러자 주인이 말했다.

"봄밤이 매우 짧아 벌써 새벽이 다 되었소. 날이 밝기 전에 화촉을 밝혔으면 하오."

주인은 채생을 부축해 일으켜 복도를 통해 화원으로 데려갔다. 화원의 너비는 수백 무¹³나 되었고, 회칠한 담장으로 사방을 둘렀다. 담장 안으로는 가득 연못을 팠고, 연못가에는 작은 배가 있었는데, 못 해도 두어 사람은 탈 수 있는 크기였다. 함께 배를 타고 연못을 건넜다. 연꽃이 가득 피어 있어 연못의 깊이를 헤아릴 수

❀❀❀❀

13. **무武** 길이의 단위. 1무는 3척尺에 해당한다.

없었다. 기이한 향기를 맡으며 한참 연못을 거슬러 오르자 우뚝 솟은 언덕이 보였다. 무늬 있는 돌로 벽을 쌓았고, 그 가운데에 있는 계단으로 올라가게 되어 있었다.

채생은 배에서 내려 계단을 올라갔다. 계단을 다 오르니 열두 난간의 누각이 있었다. 화려한 자리가 깔려 있고, 영롱하게 비치는 주렴이 드리워 있었다. 주인은 채생을 그 자리에 머물러 있게 한 뒤 들어갔다. 채생이 우두커니 서서 엿보니 신기한 화초며 기이한 바위며 이름난 꽃이며 화려한 빛깔의 새들이 있었다. 마치 바다에서 신기루를 보듯 황홀하여 그 형상을 이루 다 표현할 수 없었다.

얼마 뒤에 여종 두 명이 채생을 맞아 안내했다. 채생은 그들을 따라 붉은색 건물에 이르렀다. 푸른 비단창 안으로 은등銀燈이 환히 빛나고 향 연기가 하늘하늘 피어올랐다. 달처럼 아름답고 꽃처럼 어여쁜 이팔청춘의 낭자가 곱게 단장하고 화려한 옷을 입고 방 안에 꼿꼿이 서 있는 모습이 어슴푸레 보일락 말락 했다. 채생이 머뭇거리며 앞으로 나아가자 낭자는 발을 살짝 움직여 몸을 돌려 나오더니 채생을 인도해 들어가 두 번 절했다. 채생은 깊이 고개를 숙여 답례한 뒤 털방석에 마주 앉았다. 여종이 음식을 내왔는데, 보배로운 그릇에 담긴 산해진미가 상에 가득했다. 채생이 어쩔 줄 몰라 얼굴을 붉히며 감히 젓가락을 들지 못하자 주인이 말했다.

"어린 딸과 부귀가 내가 가진 전부요. 내가 그대에게 바라는 건 내 딸을 평생 사랑해 주고 정실부인의 참소와 질투가 없게 해 주는 것뿐이오. 그렇게만 해 준다면 100년의 즐거움을 누릴 수 있을 거요. 잘 생각해 보오."

채생이 대답하지 못하고 있는데, 주인은 몸을 돌려 나갔다.

노파 한 사람이 칠보로 만든 침대 위에 비단 이불 두 채를 깔고 채생더러 휘장 안으로 들어오라고 청하자 채생이 마지못해 들어갔다. 노파는 낭자를 부축해 채생과 나란히 앉힌 뒤 휘장을 내리고 무늬 있는 무소뿔로 휘장이 움직이지 않게 고정했다. 채생은 어찌해야 할지 갈등하며 마음을 진정하지 못하다가 자신이 천태산에 간 완조[14]인가 보다 생각하는가 하면 동정호에 갔던 유의[15]에 자신을 비겨 보기도 했다. 그리하여 등불을 끄고 잠자리를 함께하니 사랑하는 마음이 돈독했다.

채생은 해가 중천에 뜬 뒤에야 잠에서 깼다. 입고 있던 옷과 허리띠가 하나도 보이지 않았다. 깜짝 놀라 낭자에게 묻자 낭자가 말했다.

"모양을 본떠 새 옷을 지으려고 감히 내갔습니다."

---

14. **완조阮肇** 후한後漢 때 사람으로, 유신劉晨과 함께 약초를 캐러 천태산天台山에 들어갔다가 선녀를 만나 즐겁게 지내다 집에 돌아왔다는 고사가 있다.
15. **유의柳毅** 당나라의 전기소설 「유의전」柳毅傳의 주인공으로, 동정호洞庭湖 용왕의 딸과 부부가 되었다.

말을 마치자 노파가 무늬 있는 상자를 들고 들어와 말했다.

"새 옷이 다 만들어졌으니 서방님께서는 입어 보시기 바랍니다."

채생이 보니 찬란하게 빛나는 비단옷이 제 몸에 꼭 맞을 것 같았다. 매우 기뻐하며 새 옷을 입고 곧이어 아침을 먹었다.

주인이 들어와 아침 인사를 하자 채생은 머뭇거리며 말했다.

"어르신께서 저를 비천하게 여기지 않으시고 두터운 은혜와 정성으로 대해 주시니 오랫동안 사위의 방에 머물며 작은 정성이나마 다하고 싶습니다. 하지만 산소에 가서 제사 올리는 일이 코앞에 닥쳐 있는데 갈 길이 멀어서 잠시라도 지체하다가는 기일 안에 도착할 수 없습니다. 이 때문에 감히 작별을 고하니 제 마음을 헤아려 주시기를 빕니다."

주인이 말했다.

"산소가 여기서 몇 리 거리인가?"

"100리가 조금 넘습니다."

"험한 길을 힘들게 걸어가자면 사흘은 걸리겠지만 우리 집 말을 타고 가면 반나절 길에 불과하네. 이틀 동안 더 머물러 내 바람을 저버리지 말아 주게."

"부친의 훈계가 매우 엄해서 만일 제가 여기서 지체하다가 살진 말을 타고 좋은 옷을 입고 의기양양 달려간다면 일이 발각되기 쉬울 겁니다. 어르신께서는 신중히 생각해 주시기 바랍니다."

"내가 벌써 깊이 생각해서 좋은 방법을 찾았으니 너무 염려 말게."

채생이 실은 차마 낭자를 두고 갈 수 없던 터에 이 말을 듣고 다행으로 여겼다.

주인은 채생을 데리고 가서 산 위의 정자며 물가의 정자며 솔숲 언덕이며 대밭을 구경시켜 주었다. 하나하나가 모두 그윽한 명승이어서 눈이 즐겁고 마음이 상쾌해졌다. 주인은 말했다.

"내 성은 김이고, 벼슬은 지추[16]일세. 세상 사람들이 내 재산이 나라 안에서 제일이라고들 과장해서 내 이름이 원근에 널리 퍼졌는데, 자네는 혹 들어 보았는가?"

"거리의 군졸이나 시골의 농부도 어르신의 성함을 모두 알거니와, 저는 더 말할 것도 없이 귀가 아프도록 들었습니다."

"나는 아들이 없어서 아름다운 동산에 묻혀 여생을 즐겁게 보내는 게 소원일세. 집이며 누대가 실로 분수에 많이 넘치니, 세상 사람들에게 누설해서 큰 죄를 입지 않도록 부디 주의해 주게."

채생은 "예예" 대답했다.

이틀 뒤 채생은 새벽에 일어나 길을 나섰다. 수레와 말이 갖추어졌고 여러 하인들이 채생을 호위했다. 해가 기울기도 전에 벌써 산소 5리 앞에 도착했다. 채생은 예전에 입던 옷으로 갈아입

❀❀❀❀
16. 지추知樞 동지중추부사同知中樞府事. 중추부中樞府의 종2품 벼슬.

고 조심조심 들어갔다.

이튿날 아침 채생이 제사를 지내고 돌아가는데 수십 걸음을 채 못 가서 수레와 말이 벌써 길가에 와 기다리고 있는 것이 보였다. 채생은 비단옷으로 갈아입고 말을 달려 김노인의 집으로 돌아갔다. 채생이 집으로 돌아가고 싶다고 하자 김노인이 말했다.

"자네 아버님께서는 자네가 걸어오리라 생각하지 말을 타고 올 거라곤 생각하지 못하실 걸세. 100리 먼 길을 하루에 돌아간다면 드러난 거짓을 감출 길이 없네. 이틀 밤을 더 묵고 돌아가는 게 좋겠네."

채생은 또 향기로운 규방에서 편히 쉬며 새로 사귄 정을 넉넉히 나누었다. 약속한 날이 되어 헤어지기에 이르자 눈물이 얼굴을 뒤덮었다. 낭자가 다가와 언제 다시 만날지 묻자 채생이 말했다.

"부친의 분부가 엄중해서 밖에 나갈 때마다 반드시 갈 곳을 말씀 드려야 하오. 봄가을 제사에 또 나를 대신 보내신다면 이번처럼 다시 일을 꾸며 만날 수 있을 거요. 하지만 그렇지 않다면 한 해가 다 가도록 낭자는 홀로 지내는 일을 면하기 어렵겠구려."

말을 하는 동시에 눈물을 쏟으며 봉황새와 난새처럼 꽃다운 부부가 이별했다.

채생은 나이가 젊다 보니 어리석은 마음이 있어서 부시쌈지[17]

---

17. **부시쌈지** 불을 켜는 도구인 부시나 부싯돌을 넣어서 가지고 다니던 작은 주머니.

를 하나 가지는 것이 평소의 큰 소원이었으나 집이 가난한 탓에 가질 수 없었다. 그러다가 김노인 집에서 준 부시쌈지가 화려하게 자수를 놓아 정교하게 만든 것이기에 아끼고 진귀하게 여기던 터라 차마 놓고 가지 못했다. 낭자가 말했다.

"이 쌈지를 큰 주머니 안에 숨겨 두시면 남들이 알아차리기 어려울 거예요. 예전 옷으로 갈아입고 이 물건 하나만 가져가시는 건데 무슨 잘못될 일이 있겠어요?"

채생은 그 말대로 베로 만든 주머니 안에 부시쌈지를 넣고 집으로 돌아갔다.

채생이 아버지에게 잘 다녀왔다는 인사를 하자 아버지는 산소가 어떻더냐 급히 묻고, 또 정성스레 재계하고 제사를 지냈는지 물었다. 채생이 자세히 대답하자 아버지는 즉시 글공부를 하라고 분부했다. 채생은 비록 입으로는 소리 내어 글을 읽었지만 마음은 완전히 김노인의 집에 가 있었다.

하루는 아버지가 채생에게 안채에서 자라고 분부했다. 채생이 밤에 아내의 방으로 들어가니 부서진 창과 뚫어진 처마 틈으로 찬바람이 뼈를 뚫고 들어왔고, 부들자리와 삼베 이불에는 벼룩이 들끓었다. 아내는 나무비녀에 댕강한 치마를 입고 때 낀 얼굴이 비쩍 말라 뾰족해졌다. 아내가 일어나 채생을 맞이했으나 채생은 좋은 마음이 전혀 없어 아내와 말 한마디 나누지 않았다. 채생의 생각은 오직 김노인 집의 향기로운 규방에서 누렸던 즐거움에 있을 뿐이었는데, 지난날의 만남은 꿈결 같고 훗날의 만남은 기약하기 어려웠다. 그리하여 채생은 원진[18]의 시 한 구절을 속으로 읊조렸다.

넓은 바다 건너 보니 강물이 하찮아 뵈고
무산을 보고 나니 다른 구름은 구름이 아니네.[19]

채생은 이 시가 바로 자기 신세와 똑같다고 생각하고 짧은 한숨과 긴 탄식 속에 몸을 뒤척이며 잠을 이루지 못했다. 새벽종이 울릴 때가 되어서야 겨우 눈을 붙여 해가 중천에 오르도록 깨어나지 않았다. 아내는 새벽에 먼저 일어나 생각했다.

'서방님이 평소에는 나와 금슬이 좋아서 늘 다정하게 대해 주었는데, 성묘 다녀온 뒤로 문득 냉담하게 대하는구나. 달리 정을 준 사람이 있어 나를 멀리하는 게 틀림없어.'

아내는 채생의 안색과 옷을 자세히 살펴보았지만 낌새를 알아차릴 만한 단서가 없었다. 그러다가 우연히 채생이 차고 있는, 베

✦✦✦

18. 원진元稹 당나라의 시인.
19. 넓은 바다~구름이 아니네 원진이 죽은 부인을 그리워하여 지은 시 「그리움」(離思)의 한 구절로, 원문은 "曾經滄海難爲水, 除却巫山不是雲"이다. 여기서는 아름다운 김씨 낭자를 만나고 온 뒤 아내를 보니 전혀 사랑하는 마음이 느껴지지 않는다는 뜻이다. '무산'巫山은 중국 호북성 서부에 있는 산으로, 춘추시대 초나라의 회왕懷王이 꿈에 무산의 여신을 만나 사랑을 나누었다는 전설이 있다.

로 만든 주머니가 눈에 띄었다. 전에는 늘 텅 비어 있었는데 지금은 가득 차 있는 것이었다. 의심이 차츰 구름처럼 피어올라 조사해 보기로 했다. 몰래 주머니 안을 열어 보니 과연 작은 비단 주머니가 하나 들었고, 그 속에는 부시와 부싯돌이며 바둑알 모양의 은화가 들어 있는 게 아닌가. 아내는 몹시 화가 나서 주머니 안에 든 물건들을 자리 위에 벌여 놓고 채생이 잠에서 깨어나 스스로 부끄러워하기를 기다렸다.

얼마 뒤 채생의 아버지가 엄하게 꾸짖으며 들어와 말했다.

"이 녀석, 아직까지 잠을 자면 어느 겨를에 글 한 자를 읽겠느냐!"

문을 열고 질책하자 채생은 놀라 일어나 주섬주섬 옷을 입었다. 아버지가 눈을 돌려 방을 살피다가 문득 자리 위에 있는 작은 주머니를 발견했다. 해괴한 일이다 싶어서 채생을 그물 안에 넣어 대들보에 매달고 힘을 다해 매질했다. 채생은 고초를 견디지 못하고 일일이 실토하고 말았다. 아버지는 한층 더 격노하여 길길이 뛰더니 편지를 써서 이웃집 하인 하나를 시켜 김령[20]을 불러오게 했다.

김령은 본래 부귀한 사람이라 재상이나 학사學士라 할지라도 앉아서 불러 볼 수 없는 인물이거늘, 하물며 일개 학구學究가 심부

20. 김령金令 김씨 '영감'. '영감'은 정3품과 종2품 관원을 높여 이르는 말.

름꾼을 보내 멋대로 불러올 수 있겠는가. 다만 과부가 된 딸을 시집보낼 생각에 모욕을 감수하고 당장 말을 달려 채생의 집으로 갔다. 채생의 아버지는 성난 목소리로 크게 꾸짖어 말했다.

"그대는 예를 무너뜨리고 딸의 음분淫奔을 도와 자신의 행실을 그르치고 내 아들까지 그르쳤소. 대체 왜 그런 거요?"

김령이 말했다.

"사위를 고르는 수레가 공교롭게도 댁의 아드님을 만났으니, 피차간의 불행을 이루 다 말할 수 없소이다. 하지만 지금은 물이 흐르고 구름이 사라지듯 두 집안이 평안하니 서로 간섭하지 않고 살면 그만이지, 남의 흠을 소리 높여 드러낼 것까지야 없지 않겠소이까?"

채생의 아버지는 딱히 대꾸할 말이 없었다. 김령은 즉시 떠나며 말했다.

"앞으로는 아무 상관없이 부디 서로 곤란하게 하지 말고 사십시다."

그러고는 표연히 가 버렸다.

1년이 지나 김령이 비를 무릅쓰고 채생의 집을 찾았다. 채생의 아버지가 말했다.

"지난날의 굳은 약속을 지금 왜 어기시오?"

김령이 말했다.

"마침 교외에 나갔다가 갑자기 비가 쏟아졌소. 이쪽에는 달리

친지가 없어서 감히 귀댁에 들어와 잠시 폭우를 피하려 하니 부디 양해해 주시기 바랍니다."

채생의 아버지가 태도를 누그러뜨리고 말했다.

"나도 장마에 홀로 앉아 무료했는데, 그대를 만났으니 한담이나 나누십시다."

김령은 매우 공손히 예를 차리며 이런저런 이야기를 재미나게 했는데, 이야기가 소털처럼 풍성하고 고치실처럼 정교하면서 매우 조리가 있었다. 그러면서도 아들딸 간의 일에 대해서는 일절 언급이 없었다. 채생의 아버지는 평생 교유한 사람이라 해 봐야 촌학구나 서생書生뿐이었고, 하루 종일 나누는 대화라곤 누가 더 가난하고 궁색한지 비교하는, 판에 박힌 이야기뿐이었다. 그러던 차에 김령의 박학다식하고 호쾌한 모습을 본데다가 그가 아첨하는 웃음으로 비위까지 맞춰 주자 매우 기뻐하며 김령에게 매료되고 말았다. 김령은 채생 아버지의 마음을 알아차리고는 즉시 하인을 불러 말했다.

"내가 급히 오느라 배가 고프구나. 보따리에 남은 음식을 가져와라."

하인이 좋은 안주와 진귀한 음식을 바치자 김령은 큰 술잔에 술을 가득 따르더니 채생의 아버지에게 무릎 꿇고 술잔을 올렸다. 아버지는 벌써 위장이 꿈틀거리고 입안에 군침이 돌아 단숨에 들이켜고 싶은 마음이 간절했으나 겉으로는 물리쳤다.

"술잔을 주고받는 건 모르는 사람끼리도 하는 일입니다. 하물며 우리는 인연을 맺은 지도 이미 오래됐고 안면도 두텁거늘, 어찌 나란히 앉아 나 홀로 술을 마실 수 있겠습니까?"

아버지는 대꾸할 말이 없어 술잔을 입에 댔고, 그러자마자 술잔이 비었다. 고급술이 가슴속 돌덩이를 싹 씻어 버리고, 진귀한 고기가 창자 속에 든 푸성귀 귀신[21]을 쳐부수니, 취한 눈이 황홀하고 마음이 상쾌했다. 김령이 한껏 즐기다 돌아가려 하자 아버지가 말했다.

"그대는 참으로 좋은 술동무요. 자주 왕림해 주셨으면 하외다."

김령이 말했다.

"오늘은 비가 오는 바람에 다행히도 함께 술을 마실 수 있었습니다만 나는 공사 간에 하루 종일 바쁘니 어찌 또 몸을 빼 나올 수 있겠습니까?"

채생의 아버지는 대문까지 나와 진송하고는 취기를 타 방으로 들어가서 가족들을 모아 놓고 김령의 좋은 점을 한바탕 칭찬하더니 이윽고 잠이 들었다. 새벽에 깨어난 뒤 전날 김령의 꾐에 넘어갔다 생각하고 몹시 후회했으나 돌이킬 수 없는 일이었다.

---

21. 푸성귀 귀신 채생 부친이 늘 나물이나 채소만 먹었기에 뱃속에 푸성귀 귀신이 들었다고 우습게 표현한 것이다.

김령은 몰래 하인을 시켜 채생 집의 동향을 염탐하게 했다. 어느 날 하인이 돌아와 보고했다.

"채씨 댁이 닷새 동안 밥을 짓지 못해 안팎식구들이 쓰러져 있으니 그 모습이 처참합니다."

김령은 채생 앞으로 편지를 보내며 동전 수천 푼[22]을 함께 보냈다. 채생 가족 모두가 매우 기뻐하며 급히 밥을 지었다. 아버지에게만은 사실을 알리지 않은 채 다른 집에서 빌려온 것이라 둘러대고 밥상을 올렸다. 아버지는 굶주린 배를 채우기 급해서 이 밥이 어디서 온 것인지 자세히 따질 겨를도 없었다. 하루가 가고 이틀이 가도 하루 두 끼 밥을 먹는 데 근심이 없자 아버지가 비로소 괴이하게 여겨 물었다. 채생이 자세히 사정을 말하자 아버지가 화를 내며 말했다.

"죽어서 구렁에 파묻힐지언정 명분 없는 물건을 어찌 앉아서 받는단 말이냐? 기왕에 벌어진 일이라 이미 먹은 걸 토할 수도 없는 노릇이요 갚을 길도 없으니, 차후로는 절대로 내 말을 어기지 마라!"

채생은 "예예" 대답했다.

어느덧 돈이 다 떨어져 다시 예전처럼 굶주렸으나 아버지는 변변히 할 줄 아는 게 없는지라 생계를 이을 방법을 찾지 못했다.

꽃꽃꽃꽃

22. 푼(文) 동전을 세는 단위. 동전 100푼은 1냥에 해당한다.

채생과 그 어머니는 이쪽에서 빌려와 저쪽을 막고 아랫돌 빼서 윗돌 괴는 식으로 1년을 버티다가 더 이상 어쩔 수 없는 처지에 몰렸다. 빚이 산처럼 쌓이고, 죽음이 눈앞에 와 있는 형국이었다. 김령은 또 그 형편을 살피고 다시 채생에게 쌀 열 섬과 돈 100냥을 보냈다. 채생은 부모가 죽기 직전에 이른 모습을 차마 볼 수 없어 심장이 타들어 갔고, 양식이 다 떨어져 부모 봉양도 못하는 처지에 똥장군 지는 일이라도 마다하지 않으려던 터였다. 그러니 호의로 보내 주는 도움을 어찌 마다할 수 있겠는가. 흔쾌히 받아 부모의 진짓상을 풍성하게 차렸다.

병든 아버지는 정신이 어득해서 먹고 마실 욕심만 내더니 채생이 기름진 음식을 연이어 올리자 며칠 만에 병이 나았다. 채생은 또 맛있는 음식을 계속 올려 아버지의 조리를 도왔다. 그러자 아버지가 말했다.

"이 물건은 누가 마련해 준 거냐?"

채생이 또 사정을 알리자 아버지가 미소 지으며 말했다.

"김령은 어떻게 때마다 우리 급한 사정을 도와줄꼬? 차후로는 절대로 받지 말거라. 또 받으면 너를 매질할 테다."

채생은 또 분부를 받들었다.

아버지는 편히 누워 먹고 마시며 땔감과 양식 걱정 없이 살았다. 하지만 그렇게 대여섯 달이 지나자 땔감과 양식이 또 떨어졌다. 이번에는 전보다 근심이 열 배나 커져서 이러구러 고초를 겪으며 여러 날을 보냈다.

채생의 아버지는 당시 상중이었으나 변변찮은 제수祭需조차 마련하지 못하자 마음이 답답했다. 방 귀퉁이에 홀로 앉아 백방으로 궁리하며 노심초사할 따름이었다. 그때 문득 하인 하나가 200냥을 가져와 채생에게 바치는 것이었다. 김령 집에서 가져온 돈이었다. 채생이 아버지의 분부를 생각해서 사양하려 하자 아버지가 말했다.

"그 양반이 남의 어려운 사정을 선뜻 도와주는 기풍이 있어 우리 집 제수를 돕는 것이니, 인정상으로나 의리상으로나 완전히 물리칠 수 없겠다. 반은 돌려주고 반만 받는 게 합당하겠다."

채생은 아버지의 분부대로 했다.

이튿날 김령이 진수성찬을 차려 채생의 집을 찾았다. 채생이 또 물리치려 하자 아버지가 말했다.

"익힌 음식을 돌려보내면 낭패가 아니겠느냐. 마땅치 않지만 이번엔 받도록 하고, 앞으로는 폐단의 근원을 완전히 막아야겠다."

그러고는 함께 음식을 먹으니 음식 향기가 진동했다. 온 가족이 배불리 먹으며 김령을 칭송하는 소리가 우레 같았다. 김령이 은근한 정을 담아 술을 권하자 채생의 아버지는 시종 사양하지 않고 연거푸 들이켜 만취하더니 친구가 되기를 허락했다. 채생의 아버지는 채생을 불러 말했다.

"너와 김씨 댁 규수는 본래 초나라와 월나라[23]처럼 먼 사이였지만 진秦나라와 진晉나라의 좋은 관계[24]를 맺었으니, 어찌 천생연분이 아니겠느냐? 네가 소홀히 방치해 남의 평생을 망쳐서는 안 될 일이야. 오늘밤이 매우 길니 가서 하룻밤 묵고 돌아오너라. 오래 머물지는 말고."

채생이 매우 기뻐하며 알겠다고 대답했다. 김령은 두 번 절하며 깊이 감사한 뒤 급히 채생을 준마에 태워 집으로 보내고, 자신은 혹시 채생 아버지의 마음이 바뀔까 염려하여 남아 있다가 날이 저문 뒤에 떠났다.

채생은 이튿날 아침에 돌아와 문안 인사를 했다. 아버지는 어제 했던 말을 전혀 기억하지 못한 채 괴이해하며 물었다.

"너는 왜 아침부터 의관을 정제하고 있느냐?"

채생이 사실대로 대답하자 아버지는 후회스럽고 부끄러워 아들을 꾸짖을 수 없었다. 그 뒤로는 모든 일을 채생에게 일임하여 채생이 하는 대로 따르며 조금도 까탈을 부리지 않았고, 의식衣食과 제사를 모두 김령에게 의지했다.

김령은 날마다 술을 들고 찾아와 허심탄회한 대화를 나누었다.

꒰꒷꒰꒷

23. **초楚나라와 월越나라** 춘추시대의 초나라와 월나라가 수천 리 떨어진 먼 나라였던바, 멀리 떨어져 상관없는 관계를 비유하는 말.
24. **진秦나라와 진晉나라의 좋은 관계** 춘추시대에 진秦과 진晉 두 나라가 대대로 혼인을 맺었던 데서 유래하여 두 가문이 혼인 관계를 맺는 것을 이른다.

채생의 아버지는 어려서부터 가난에 찌들어 머리카락과 수염이 하얗게 셌다. 그러다 무위도식하며 날마다 김령과 기분 좋게 술 마시며 지내노라니 자못 만족을 느껴, 예전의 고통스럽던 나날을 돌이켜 생각하면 온몸에 소름이 돋을 지경이었다.

어느 날 김령이 조용히 말했다.

"아드님이 내 집에 왕래하는 게 차츰 사람들 눈에 띄는군요. 앞으로는 왕래를 끊었으면 합니다."

아버지가 놀라 말했다.

"그렇다면 며늘아기를 우리 집으로 몰래 맞아들여야겠소."

"아드님은 젊은 선비로, 위로는 부모님이 계시고 아래로는 정실부인이 있으니 결코 집에 첩을 둘 수 없을 겝니다."

"묘책을 생각해서 우매한 나를 일깨워 주시구려."

"귀댁 옆에 내가 집 하나를 따로 지어 밤이나 새벽에 왕래하기 편리하게 했으면 하는데, 고견이 어떠실지 모르겠군요."

"그렇다면 집은 크게 짓지 말고, 하인은 많이 두지 말며, 창고는 넉넉하지 않게 해서, 우리 집의 검소한 가풍을 지켜 주시오."

"좋습니다."

김령은 집으로 돌아가자마자 재목을 모아 기와집을 짓기 시작했는데, 어느덧 그 일대에서 가장 으리으리한 집이 만들어져 갔다. 채생 아버지의 뜻과는 전혀 다른 결과였다. 아버지는 어쩔 도리가 없어 쯧쯧 혀를 차다가 김령을 질책했다. 그러자 김령이 말했다.

"이 집은 자손들이 자랄 곳입니다. 제가 보니 족하[25]는 가슴속에 옥 같은 덕을 품고 진주 같은 재주를 품었지만 세상에 쓰이지 못했어요. 훌륭한 아들손자가 장차 그 보답을 누릴 텐데, 큰 저택이 없어서야 되겠습니까?"

아버지는 매우 기뻐하며 더 이상 질책하지 않았다.

집이 완성되자 김령은 밤에 채생의 집으로 딸을 보내 시부모와 정실부인에게 예를 갖추어 인사하고 새 집에 살게 했다. 김령 부녀는 사흘 뒤에 작은 잔치를 열고 닷새 뒤에 큰 잔치를 열어 시부모를 즐겁게 하고 안팎의 하인들까지 모두에게 환심을 샀다. 채생이 어머니에게 말했다.

"부모님께서 평생 고생하시며 노년에 이르셨으나 저는 나이도 어리고 공부도 보잘것없어 벼슬을 기대하기 어렵습니다. 지금 제가 조금이나마 부모님의 뜻을 받드는 길은 다만 새집으로 이사해서 부귀를 누리시게 하는 것뿐이니, 제 청을 들어주세요."

채생의 어머니가 말했다.

"우리가 옮겨 살면 김령 댁에서 우리를 뭐라 하겠니?"

채생이 말했다.

"이것은 김령과 측실의 뜻입니다. 저는 말씀을 전할 뿐입니

25. **족하足下** 상대방을 높여 이르는 말. 요즘의 '귀하'쯤에 해당한다.

다."

어머니는 퍽 그렇게 하고 싶은 마음이 있어 아버지에게 사정을 자세히 알렸다. 그러자 아버지가 말했다.

"당신 정신이 흐릿해져서 이젠 쓸데없는 소리를 다 하는구려."

어머니는 화를 내며 말했다.

"내가 당신에게 시집온 뒤로 온갖 고생을 하며 하루도 근심 없던 날이 없었어요. 그러다 이제 다행히도 의식을 의지할 곳을 얻어 편안히 지내며 마음 편히 살게 됐는데, 여기에는 작은며느리의 은공이 참으로 큽니다. 지금 또 정성으로 우리를 맞이해 여생을 잘 지내게 하고 싶다는데, 무슨 흠 될 일이 있다고 굳이 따르지 않겠다는 겁니까?"

"당신 혼자 가시오. 나는 이 작은 집을 지킬 테니."

그러자 어머니는 좋은 날을 택해 이사했다.

아버지가 때때로 가 보면 수십 명의 하인들이 대문 앞에 나와 맞이하며 절하고 좌우에서 에워싸고 곧장 별당으로 모셔 들어갔다. 별당은 바로 아버지가 간혹 와서 머물 수 있게 하려고 만든 곳이었다. 별당에 들어가면 서가에는 책이 가득하고 섬돌에는 화초가 우거졌으며 심부름하는 하인들이 앞에 그득해서 물 흐르듯 분부에 응했다. 들어가 아내를 만나니 아내의 처소도 별당과 마찬가지였다. 해가 지도록 앉았다 누웠다 하노라니 차마 이곳을 버리고 떠날 수 없었다. 결국 억지로 집으로 돌아오면 무너져 가

74

는 두어 칸 초라한 집이 언제나 그렇듯 쓸쓸하기만 했다. 문득 이런 생각이 들었다.

'내 여생이 얼마나 남았나? 손가락 한 번 튕길 만큼 짧은 시간에 불과하거늘, 내가 이리 고생을 자처하며 살아 무엇 할꼬?'

급히 채생을 불러 말했다.

"나 홀로 빈집에 살며 네게 아침저녁으로 밥을 나르게 하는 게 도리어 폐가 되는구나. 또 가족이 따로 사는 것도 늘그막에 어려운 노릇이다. 나도 새집에서 단란하게 함께 지내고 싶은데, 네 생각은 어떠냐?"

채생이 매우 기뻐하며 좋다고 했다. 아버지가 그날로 옮겨 가니 모친도 다른 말이 없어 기쁨이 백배나 컸다.

김령은 서울 근교의 비옥한 땅 1천 묘[26]를 채생에게 주었다. 채생은 집안 살림 걱정이 사라지자 오로지 과거 공부에만 힘썼다. 얼마 뒤 과거에 급제하여 세상에 공명을 떨치고 마침내 벼슬이 판서에 이르렀으며, 금상[27] 즉위 초에 기사[28]의 신하로서 임금의 두터운 은혜를 입었다.[29]

꽃꽃꽃꽃

26. **묘畝** 토지의 면적 단위. 1묘는 약 260㎡(78평).
27. **금상今上** 지금의 임금. 곧 순조純祖(재위 1800~1834)를 가리킨다.
28. **기사耆社** 기로소耆老所. 조선 시대 연로한 고위 문신들을 예우하기 위해 설치한 관서. 70세 이상의 문과 출신 정2품 이상 문신으로 입소 자격을 제한했다.
29. 작품 말미에 "김지추金知樞(김령)는 일 처리를 잘한다고 할 만하다"라는 평이 달려 있다.

심씨 집 귀객

이현기

남문¹ 밖에 심씨沈氏 양반이 살았다. 좁고 누추한 집에 한 벌뿐인 외출복을 식구들이 돌려 가며 입을 정도로 가난했다. 심생沈生은 병마절도사² 이석구³와 사돈을 맺어 때때로 그 집 도움을 받아 죽을 쑤어 먹었다.

작년 겨울 대낮에 한가로이 있는데,⁴ 문득 사랑채 천장 위에서 쥐가 지나가는 소리가 들렸다. 심생은 담뱃대로 천장을 후려쳤으니, 쥐를 쫓는 수법이었다. 그러자 천장 안에서 이런 소리가 들려왔다.

1. 남문南門 남대문.
2. 병마절도사兵馬節度使 조선 시대 각 도道의 군사 지휘를 효율적으로 하기 위해 설치한 종2품 무반 관직.
3. 이석구李石求 생몰년 1775~1831년. 정조·순조 때의 무신으로, 1794년(정조 18) 무과에 장원급제하여 전라도 병마절도사, 삼도수군통제사三道水軍統制使를 지냈다.
4. 작년 겨울 대낮에 한가로이 있는데 원문에는 이 뒤에 "곧 금상수上 병자년이다"(卽當宁丙子也)라는 주석이 달려 있다. '금상 병자년'은 순조 16년인 1816년을 말한다.

"나는 쥐가 아니라 사람이오. 당신을 만나기 위해 산 넘고 물 건너 여기까지 왔으니, 야박하게 굴지 마오!"

심생은 깜짝 놀라 이게 도깨비인가 보다 싶다가도 또 대낮에 도깨비가 나타날 리가 있겠는가 싶어 어리둥절했다. 그때 또 천장 위에서 소리가 났다.

"멀리서 와서 몹시 배가 고프니 제발 밥 한 그릇만 주오."

심생은 대꾸하지 않고 곧장 안채로 들어가서 상황을 설명했다. 집안사람 모두가 심생의 말을 믿지 않았다. 심생이 말을 마치자 공중에서 소리가 들려왔다.

"여러분들은 모여서 나에 대해 이러니저러니 말하지 마오!"

집안의 부녀들이 깜짝 놀라 달아났다. 그러자 그 귀신은 부녀들을 쫓아다니며 머리 위에서 계속 외쳐댔다.

"놀라 달아날 것 없소. 앞으로 나는 귀댁에 오래 머물려 하니 한집안 사람이나 같은데, 왜 이리 나를 소원하게 대하시오?"

부녀들이 서쪽으로 달아나고 동쪽으로 숨었지만 귀신은 가는 곳마다 따라다니며 머리 위에서 계속 밥을 달라 소리쳤다. 어쩔 수 없어 밥상을 정갈히 차려 마루에 놓았다. 밥 먹고 물 마시는 소리가 나더니 순식간에 그릇이 다 비었다. 보통의 귀신들이 흠향하는 것과는 딴판이었다.

주인이 몹시 놀라 물었다.

"자네는 무슨 귀신이며 무슨 이유로 우리 집에 들어왔나?"

귀신이 말했다.

"내 이름은 문경관文慶寬이오. 이리저리 다니다가 우연히 귀댁에 들어왔는데, 이제 배불리 먹었으니 가야겠소."

그러고는 작별하고 떠났다.

이튿날 귀신이 또 와서 어제와 똑같이 밥을 달라 하고는 밥을 다 먹고 즉시 떠났다. 그 뒤로 날마다 왔다 가는데, 어떤 날은 하룻밤 묵어가며 한담을 나누기도 했다. 집안사람들 모두가 이제는 익숙해져서 무서워하지도 않게 되었다.

하루는 주인이 벽에 붉은 부적을 써 붙이고 그 외에도 귀신을 물리치는 물건들을 앞에 늘어 두었다. 귀신이 또 와서 말했다.

"나는 요사스런 귀신이 아니니 어찌 방술을 두려워하겠소? 어서 찢어 버려서 집에 오는 손님을 물리치지 않는다는 뜻을 표해 주시오."

주인은 어쩔 수 없이 부적을 뜯어 버렸다. 주인은 물었다.

"자네는 앞날의 화복禍福을 알 수 있나?"

"알다 뿐이겠소."

"앞으로 우리 집의 길흉은 어떻겠나?"

"당신은 예순 몇 살까지 살겠지만 불우하게 생을 마칠 게요. 아드님은 또 몇 살까지 살겠고, 손자 때에야 비로소 과거 급제의 영예가 있겠으나 현달하지는 못할 게요."

심생은 그 말을 듣고 경악을 금치 못했다. 심생이 또 집안의 아무개 부인은 몇 세까지 살 것이며 아들은 몇이나 낳을 것이냐 묻자 귀신은 하나하나 대답해 주었다. 그러더니 귀신은 말했다.

"쓸 데가 있으니 두 냥만 도와주시면 고맙겠소."

"자네는 우리 집이 가난하다고 보나, 부자라고 보나?"

"가난이 뼛속까지 사무쳤소."

"그러면 돈을 어떻게 마련하겠나?"

"당신 집 상자 속에 좀 전에 빌려온 돈이 두 냥 있는데 왜 그걸 주지 않소?"

"내가 온갖 서글픈 소리를 해가며 그 돈을 빌려온 건데, 그 돈을 자네한테 주면 우리는 저녁밥을 지어 먹지 못하니 어쩐단 말인가?"

"당신 집에 쌀이 몇 되 있으니 저녁밥이야 넉넉히 지을 텐데, 왜 거짓말로 둘러대려 하오? 내가 이 돈을 가져갈 테니, 노여워 마오."

귀신은 그렇게 말하고 표연히 사라졌다. 심생이 상자를 열어 보니 예전 그대로 자물쇠가 채워져 있었지만 돈은 온데간데없었다. 심생은 더욱 답답해서 노심초사하다가 부녀들은 친척 집으로 보내고 자신은 친구 집에 가서 묵었다. 그러자 귀신이 또 그 집에 찾아와서 화를 내며 말했다.

"왜 나를 피해 이 먼 곳에서 지내오? 당신이 천 리 밖까지 달아난들 내가 못 따라갈 줄 아오?"

그러고는 그 집 주인에게 밥을 내놓으라고 했다. 주인이 주지 않자 귀신은 심한 말로 꾸짖고 욕하더니 그릇을 때려 부수며 밤새도록 야료를 부렸다. 주인은 심생에게 원망을 품어 깨진 그릇 값을 물어내라고 했다. 심생은 마음이 편치 않아 새벽이 되자 집으로 돌아왔다. 귀신은 또 부녀들이 묵는 곳으로 가서 앞서와 똑같이 야료를 부렸다. 부녀들 역시 어쩔 수 없이 집으로 돌아왔다. 귀신은 다시 예전처럼 왕래했다.

　하루는 귀신이 말했다.

　"이제 오랫동안 이별이오. 몸조심하고 잘 지내시오."

　심생이 말했다.

　"자네는 어디로 가나? 제발 어서 떠나서 우리 온 가족이 좀 편히 지내게 해 주게."

　귀신이 말했다.

　"우리 집은 경상도 문경현閒慶縣에 있소. 큰맘 먹고 고향으로 돌아가려 하는데 노자가 부족하니 돈 열 냥만 주시면 좋겠소."

　심생이 말했다.

　"내가 가난해서 밥 먹기도 힘들다는 건 자네가 잘 알잖나. 그런데 그 많은 돈을 내가 어디서 얻어 오나?"

　"절도사 댁에 가서 이런 사정을 말하고 청하면 손바닥 뒤집듯 쉬운 일이거늘, 왜 그리 하지 않고 나를 가로막으려 드오?"

　"우리 집의 죽 한 그릇, 옷 한 벌까지 모두 절도사의 도움을 받고 있어 친형제간이나 다름없는 은혜를 입었으나 조금도 보답하지 못하고 있어 늘 부끄럽고 미안한 마음이거늘, 지금 또 무슨 낯짝으로 가서 1천 푼을 주십사 부탁한단 말인가?"

귀신이 말했다.

"내가 당신 집에서 소란 피운 일을 절도사가 잘 아시니, 당신이 진정을 다해 아뢰면서 '이 돈만 마련해 주면 귀신이 떠난답니다'라고 말해 보오. 그리 하면 재앙을 구할 길이 있는데 어찌 들어주지 않겠소?"

심생은 기가 꺾이고 말이 막혀 더는 둘러댈 수 없게 되자 당장 이절도사를 찾아가 사정을 자세히 말했다. 절도사는 과연 선선히 승낙했다.

심생은 돈을 들고 집으로 돌아와 상자 속 깊숙이 감춰 두고 한가로이 앉아 있었다. 오래지 않아 귀신이 또 와서 기쁘게 웃으며 말했다.

"후의에 대단히 감사드리오. 덕분에 노자를 얻었으니 이제 먼 길 떠나는 데 아무 걱정이 없소."

심생이 거짓으로 속여 말했다.

"내가 누구한테 돈을 얻어 자네 노자를 마련했다는 건가?"

귀신이 웃으며 말했다.

"선생은 충직하고 성실한 사람인 줄 알았는데, 지금 왜 이런 농담을 하오?"

귀신은 또 말했다.

"내가 벌써 당신 상자 안에 있는 돈을 가졌소. 근데 두 냥 반은 남겨 두었소. 내 작은 정성이니 술이나 한 잔 하오."

그러고는 작별하고 떠났다. 심생의 식구들은 모두 춤을 추며 경사스러워했다.

열흘 뒤에 또 공중에서 귀신이 인사하는 소리가 들렸다. 심생은 몹시 화가 나서 말했다.

"내가 남에게 힘들게 아쉬운 소리를 해서 열 냥을 마련해 보냈으면 감사할 줄 알아야 마땅하지 않느냐? 지금 또 약속을 어기고 은혜를 저버린 채 다시 나를 괴롭히러 오다니, 관묘[5]에 하소연해서 너를 죽게 할 테다!"

귀신이 말했다.

"나는 문경관이 아닌데, 왜 은혜를 저버렸다 하시오?"

심생이 말했다.

"그럼 넌 누구냐?"

귀신이 말했다.

"나는 문경관의 아내요. 댁에서 귀신을 잘 대접한다는 말을 듣고 먼 길을 마다 않고 이렇게 찾아왔으면 당신은 반가이 맞을 일

5. **관묘關廟** 관왕묘關王廟. 중국 삼국시대 촉蜀나라의 장수인 관우關羽의 사당祠堂. 조선에서는 임진왜란에 참전한 명나라 장수들의 주도 아래 서울과 안동·남원 등에 처음 설치되었다. 당시 서울에는 동대문 근처의 동묘東廟와 남대문 근처의 남묘南廟가 있었다.

이지 도리어 호통을 치며 꾸짖는 건 무슨 까닭이오? 또 남녀 간에 서로 공경하여 대우하는 것이 선비의 행실이거늘, 당신은 1만 권의 책을 읽었으면서 대체 뭘 배운 거요?"

심생은 기가 막혀 헛웃음이 나왔다.

귀신은 그날 이후 날마다 찾아왔다고 하는데, 그 뒤의 일은 알려지지 않아 기록하지 못한다.

그때 호사가들이 앞 다투어 심생의 집에 가서 귀신과 문답을 했기에 심생의 집 문앞은 거마 소리로 요란했다. 학사學士 이희조[6]는 그 집에 하룻밤 묵으며 대화하기도 했으니, 참으로 괴이한 일이다!

❧❧❧❧
6. 이희조李羲肇 생몰년 1776~1848년. 순조·헌종 때의 문신으로, 교리校理·이조참의·대사간·대사헌을 지냈다. 19세기 전기에 저술된 야담집 『계서잡록』溪西雜錄의 저자인 이희평李羲平의 아우이다.

여종의 안목

이현기

옛날 한 참정[1]이 모친을 잘 모시고 싶은 마음은 있었지만 공사 간에 바쁜 일로 온종일 시달리다 보니 모친을 곁에서 모실 겨를이 없었다. 그 집에 여종 하나가 있었는데, 나이 열다섯에 아름답고 총명해서 참정 모친의 마음을 잘 받들었으며 음식 수발이며 의복과 잠자리 수발을 꼭 알맞게 해서 모친의 일거수일투족마다 기미를 잘 살펴 시중을 들었다. 참정 모친은 이 때문에 항상 마음이 편안했고, 참정은 이 때문에 모친을 기쁘게 해 드렸으며, 집안 사람들은 이 때문에 수고를 덜어서, 모두들 여종을 지극히 아끼고 사랑하며 헤아릴 수 없이 많은 상을 내렸다. 여종은 행랑채 안에 따로 방을 하나 마련해서 지극히 훌륭한 글씨와 그림을 걸어 두고는 잠시 틈날 때마다 휴식하는 장소로 삼았다. 서울의 부호가 자제들 중에 기방을 출입하는 자들이 천금을 들여 이 여종을 소실로 두고 이를 발판으로 삼아 참정의 총애를 받기를 원했지만, 여종은 모든 요청을 다 거절하고 일심으로 맹세했다.

"천하에 마음 맞는 사람이 아니라면 차라리 독수공방하며 늙으리라."

하루는 여종이 부인의 분부를 받아 친척 집에 문안을 갔다. 돌아오는 길에 갑자기 소나기가 내려 황급히 집으로 돌아오는데, 봉두난발에 얼굴에 땟국이 가득한 거지 하나가 문 앞에서 비를 피하고 있는 게 아닌가. 여종은 단번에 그 거지가 비상한 인물임을 알아차리고는 자기 방으로 데리고 들어가더니 이렇게 말했다.

"여기 잠깐 있어 보세요."

그러고는 밖으로 나와 빗장을 걸어 방문을 잠그고 안채로 달려들어갔다. 그 거지는 잠깐 사이에 온갖 생각을 다 해 봤지만 도무지 영문을 알 수 없어, 우선 하는 대로 내버려 두고 다음 이야기를 들어 보리라 마음먹었다.

잠시 후 여종이 나와 방으로 들어오더니 거지를 자세히 살펴보고는 기쁜 빛이 얼굴에 가득했다. 여종은 우선 땔나무를 사 와서 물을 데워 목욕 준비를 한 뒤 거지에게 목욕을 하라고 했다. 이윽고 저녁밥을 차려 주니, 진수성찬이 거지의 텅 빈 창자 속 걸신乞神을 처부수고, 화려한 그릇과 붉은 쟁반은 황홀하기 그지없어 마치 신기루 같았다.

어느덧 날이 저물어 인정종[2]이 요란하게 울렸다. 두 남녀가 수

90

놓은 비단 이불 속에서 사랑을 나누니 완연한 봄날의 꿈을 이루어 난새가 넘어지고 봉황새가 엎어지는 듯했다.

새벽에 거지에게 상투를 틀어 갓을 쓰게 하고 깨끗한 옷을 입히니 그 몸에 꼭 맞았다. 그러자 과연 풍채가 준수하고 기상이 활달하여 예전의 근심에 찌든 모습이라곤 조금도 없었다. 여종은 당부했다.

"서방님, 들어가서 부인과 참정 어른을 뵙고 인사드리세요. 하는 일을 물어 보시면 꼭 이리이리 대답하셔야 합니다."

거지가 알았다고 하고 즉시 참정을 뵈러 가자 참정이 말했다.

"그 아이가 자기 배필을 직접 고르겠다고 하더니 지금 갑자기 짝을 찾았구나. 틀림없이 마음에 맞는 사람을 만난 거겠지."

참정은 거지를 가까이 다가오게 한 뒤 말했다.

"너는 무슨 일을 하느냐?"

"쇤네는 약간의 돈을 가지고 사람을 팔도로 보내 장사를 해서 물건 값이 오르고 내리는 것에 따라 시세를 살펴 이익을 남깁니다."

참정은 매우 기뻐하며 거지를 깊이 믿었다.

그 뒤로 거지는 멋진 옷을 입고 배불리 먹으며 아무 일도 하지 않고 지냈다. 그러자 여종이 말했다.

❀❀❀❀

2. **인정종人定鍾** 매일 밤 2경(밤 10시 무렵)에 스물여덟 번 쳐서 통행금지를 알리는 종.

"사람이 이 세상에 태어나 저마다 하는 일이 있거늘 서방님은 배불리 먹기만 하고 아무 일도 하지 않으니 장차 생계를 어찌 꾸리려 하십니까?"

"생계를 꾸릴 방도를 세우자면 은銀 10말(斗)은 있어야 되오."

"제가 주선해 보지요."

여종은 안채로 들어가서 틈을 엿보아 부인에게 간청했다. 부인이 참정에게 말을 전하자 참정은 선선히 승낙했다.

거지는 큰돈을 들고 서울의 상점으로 가서 잠시 입어 낡지 않은 헌옷을 도거리로 사다가 큰길에 쌓아 두고 평소 함께 다니던 남녀 거지들을 다 불러 모아 그 옷을 입혔다. 강교³의 거지들도 불러 모아 마찬가지로 옷을 입혔다. 그러고는 가깝고 먼 곳의 떠돌이 무리들을 찾아다니며 빠짐없이 보살피고자 옷을 말에 싣고 품팔이의 등에 지워 팔도를 돌며 다 나눠 주고 나니 결국 남은 것이라곤 말 한 필과 몇 벌 헌옷뿐이었다. 거지는 헌옷을 안장 삼아 말을 타고 갔다.

때는 중추절이었다. 비 갠 하늘에 밝은 달이 막 떠오르고 엷은 안개가 들판에 비꼈는데, 평탄한 교외 길에 지나다니는 사람이 하나도 없었다. 채찍을 쳐 길을 재촉하며 그저 말이 멈추는 곳에서 머물러 쉴 생각이었다.

꽃꽃꽃꽃

3. 강교江郊 서울의 서강西江·마포麻浦 일대.

길을 가다가 큰 다리를 만났다. 다리 아래에서 빨래하는 소리와 사람들의 말소리가 들렸다. 깊은 밤 넓은 들판인지라 도깨비가 아닌가 의심스러웠다. 말에서 내려 다리에 기대 선 채 다리 아래를 살펴보니 노인 한 사람과 노파 한 사람이 옷을 벗고 알몸으로 입고 있던 옷을 빨고 있었다. 노인과 노파는 누군가 내려다보는 것을 알아채고 깜짝 놀랐다. 그들은 알몸을 보이는 게 부끄러워 손을 휘젓고 몸을 피하며 당황해 어쩔 줄 몰라 했다. 그러자 거지는 그들을 다리 위로 불러내 지니고 있던 옷을 입게 했다. 노인과 노파는 거듭 감사 인사를 하며 자기 집으로 가자고 간청했다.

거지가 그 집에 묵으러 가 보니, 두어 칸 자그마한 집으로 비바람만 간신히 피할 수 있는 곳이었다. 집 밖에 말을 매 두고 방으로 들어가자 노인과 노파가 분주히 음식을 마련해서 거친 잡곡밥과 쓴 나물을 차려 왔다. 거지는 배불리 먹고 나서 잠을 자려고 베개를 달라고 청했다. 그러자 노인과 노파는 서까래 사이에서 바가지 하나를 찾아 주며 말했다.

"이걸 베시면 되겠소."

거지는 그 말대로 바가지를 베고 누웠다. 어두컴컴한 곳에서 사그락사그락 바가지를 문질러 보니 쇠로 만든 것도, 돌로 만든 것도 아니요, 흙이나 나무로 만든 것도 아니었다. 조심스레 만져 봐도 무엇으로 만든 것인지 알 수 없었다.

그때 문득 부르는 소리가 들리며 울타리 밖이 떠들썩했다. 몹시 위세가 있는 것으로 보아 귀한 사람이 온 듯싶었다. 이윽고 병졸 하나가 명령을 받고 들어오더니 바가지를 빼앗으려 했다. 거지는 말했다.

"이건 내 베개라 남에게 줄 수 없다!"

병졸 두어 명이 잇달아 들어와 바가지를 낚아채려 했지만 거지는 한결같이 거부했다. 얼마 뒤 귀인貴人이 몸소 들어와 힐난했다.

"너는 이 물건이 어디에 쓰는 건 줄 알고 그처럼 보물인 양 여기느냐?"

"이미 내 수중에 들어온 것이니 가벼이 내줄 수 없습니다. 하지만 사실 어디에 쓰는 건지는 모릅니다."

"이건 재물을 불리는 좋은 보물이다. 금가루나 은 부스러기를 그 안에 넣고 흔들면 순식간에 금과 은이 그릇에 가득해지지. 너는 꼭 3년 뒤 동작진⁴에 이것을 갖다 버리되 아무도 눈치채지 못하게 해야 한다. 소홀히 해서 일을 그르쳐서는 절대로 안 된다!"

거지가 매우 기뻐 소리를 지르다 깨 보니 대수로울 것 없는 한 조각 꿈이었다.

이때 새벽이 밝아 왔다. 노인과 노파는 벌써 일어나 있었다. 거지가 말했다.

"제 말과 이 바가지를 바꾸고 싶습니다."

꽃꽃꽃꽃

4. 동작진銅雀津 동작나루. 조선 시대에 동작동의 한강변에 있던 큰 나루.

노인은 한사코 거절하며 말했다.

"이 바가지는 한 푼어치도 안 되는 건데, 어찌 감히 준마와 바꿀 수 있겠소?"

거지는 자기 옷을 벗어 벽에 걸고 말을 문미門楣에 묶어 둔 뒤 노인의 누더기 옷을 달라고 해서 자기 몸에 걸쳤다. 그러고는 바가지를 거적에 싸서 짊어지고 집을 나섰다. 길에서 걸식을 하니 예전의 비전원[5] 거지꼴 그대로였다.

산 넘고 물 건너 천 리 길을 가서 여러 날 만에 서울로 돌아왔다. 곧장 참정 댁을 향해 걷는데 문득 이런 생각이 들었다.

'집 떠나던 날 그 많은 돈을 들고 나왔거늘 오늘밤 집에 돌아오면서는 다 찢어진 옷을 입었으니, 남들 이목에 띄면 좋지 않겠어. 일단 봉화가 오른 뒤 가만히 기다렸다가 인정종이 치기 전에[6] 조용한 틈을 타 들어가는 게 낫겠다.'

주막에 몸을 숨기고 밤이 깊기를 기다려 다리를 절룩이며 참정 댁으로 들어갔다. 행랑 문은 반쯤 닫혔고, 방문은 굳게 잠겨 있었다. 거지는 컴컴한 구석에서 숨죽이고 조용히 있었다. 이윽고 여종이 안채에서 나와 빗장을 열고 방으로 들어가며 말했다.

"오늘도 인정종이 울리는구나. 내 한 쌍 눈이 사람을 제대로

❧❧❧

5. **비전원悲田院**　거지 수용소. 당나라 현종玄宗 때 병방病坊을 설치해 거지들을 수용했는데, 후대에 이름을 고쳐 비전원이라고 했다.
6. **봉화烽火가 오른~치기 전에**　봉화는 초저녁에 한 번 올리고, 인정종은 밤 10시경에 친다.

여종의 안목 _ 95

알아보지 못해서 후회막급이니 장차 어찌할꼬?"

거지가 기침 소리를 한 번 작게 내서 자기가 온 것을 알리자 여종이 깜짝 놀라 말했다.

"뉘시오?"

"날세."

"어딜 갔다 오세요?"

"문을 열고 불을 밝혀 보오."

거지는 등에 지고 있던 물건을 들고 방으로 들어갔다. 등불 아래 마주 앉고 보니 여위고 꾀죄죄한 얼굴에 남루한 옷이 예전에 비해 갑절은 처량해 보였다. 여종은 울음을 삼키며 밖으로 나와 저녁밥을 준비해서 함께 먹었다.

이날 밤 새벽종[7]이 울리자마자 여종은 거지를 발로 차 깨운 뒤 가벼운 패물을 보자기로 겹겹이 쌌다. 몰래 패물을 들고 달아나, 주인에게 빌린 돈을 잃은 죄를 피해 보려는 것이었다. 그러자 거지는 눈을 부릅뜨고 준엄한 목소리로 말했다.

"차라리 자수해서 죄를 받을지언정 어찌 달아나 더 큰 재앙을 얻으려 하오?"

여종은 화가 나서 말했다.

"서방님은 아내 하나도 건사하지 못해서 자기 때문에 남을 곤

7. **새벽종** 5경(새벽 4시 무렵)에 33번 쳐서 통금 해제를 알리던 파루종罷漏鍾을 말한다.

경에 빠뜨려 날마다 매 맞고 욕을 먹게 해 놓고도 여전히 대장부 같은 말을 합니까?"

"당신이 계속 어리석은 생각을 고집한다면 내가 먼저 참정께 아뢰어 내 죄를 조금이나마 씻고 바른 길로 가겠소."

여종은 더 어쩔 수 없어 한을 품고 분을 품은 채 안채로 들어갔다.

거지는 그제야 바가지를 꺼냈다. 여종의 상자 속에 있던 은 조각을 꺼내 바가지 안에 넣고는 속으로 천지신명께 빌며 힘껏 바가지를 흔들었다. 이윽고 백설처럼 하얀 은이 바가지 안에 가득 했다. 방구석 오목한 곳에 은을 쏟아 붓고는 바가지를 흔들고 또 흔들고, 은을 쏟아 붓고 또 쏟아 붓자 잠깐 사이에 천장까지 은이 쌓였다. 비로소 커다란 보자기를 쳐서 은 더미를 가려 두고는 베개를 높이 베고 잠을 잤다.

한참 뒤 여종이 나와 보니 방구석 가득 뭔가 쌓여 있었다. 이상한 일이다 싶어 휘장을 걷고 보니 조각조각 하얀 은이 언덕처럼 쌓였는데, 대체 몇 천 말(斗)이나 되는지 헤아릴 길이 없었다. 처음에는 깜짝 놀라 벙어리인 양 입만 떡 벌리고 눈을 휘둥그레 뜨고 있더니, 이윽고 정신을 차리고 말했다.

"이게 다 어디서 온 겁니까? 어쩌면 이리도 많아요?"

거지는 웃으며 말했다.

"식견 낮은 아녀자가 대장부 하는 일을 어찌 안단 말이오?"

두 사람은 웃음 띤 얼굴로 기뻐하며 앉아 새벽이 오기를 기다렸다가 새 옷으로 갈아입고 참정에게 인사를 드리러 갔다. 본래 참정은 집안의 온 재산을 거지에게 맡겼다가 거지가 한 번 집을 나간 뒤 오랫동안 종적이 끊기자 깊이 의심하며 고민하던 터였다. 그러던 차에 어젯밤 문득 거지가 낭패하여 돌아오는 모습을 본 청지기가 참정에게 사정을 자세히 알렸다. 참정은 깜짝 놀랐고 실의에 빠져 간밤에 잠을 이루지 못했다. 그러다 거지가 좋은 옷을 차려입고 앞에 나와 인사하는 것을 보니 참정은 반신반의하여 급히 물었다.

"장사를 다 했느냐?"

"도와주신 덕분에 큰 이익을 보았습니다. 20말 은을 바쳐 원금과 이자를 갚아 드리겠습니다."

"내가 어찌 이자까지 받겠느냐? 원금만 갚도록 하고, 더는 욕되게 하지 마라."

"쇤네가 죽으면 죽었지 이자를 바치지 않을 수 없습니다."

그러고는 은을 머리에 이고 등에 져서 마당으로 옮겨 오니 세 밑에 풍성하게 내린 눈 같은 것이 삼사십 말이나 쌓였다. 참정은 본래 이익을 좋아하는 사람이라 흔쾌히 받았다.

여종은 은 10말을 참정의 모친에게 바쳐 정성을 표하고, 또 수십 말을 여러 부인들에게 나눠 준 뒤 청지기와 하인들에게도 수십 냥씩 나눠 주었다. 집안 전체가 감탄하고 기뻐하며 혀를 내둘렀다.

참정은 간밤에 청지기가 거지의 남루한 모습을 자세히 말했던 것이 악의를 품고 한 거짓말이라 여겨 모친에게 급히 고했다.

"청지기가 여종 아이를 시샘해서 사실을 심하게 날조했습니다. 비단옷 차려입은 자더러 누더기 옷을 입었다고 하고, 보따리 가득 만금을 가지고 온 자를 낭패해서 돌아왔다고 했으니, 그 마음 씀씀이를 보건대 결코 좋은 사람이 아닙니다."

참정이 청지기를 엄중히 꾸짖자 청지기는 억울하다는 말만 되풀이했다. 참정은 믿지 않고 그를 당장 내쫓았다.

거지는 그 뒤로 날이 갈수록 부유해져서 여종을 속량⁸시키고 100년 동안 즐기며 살았다. 자손이 번성해서 벼슬에 오른 이도 나왔다. 거지는 과연 3년 뒤에 동작진에서 제사를 올리고 바가지를 강물에 흘려보냈다고 한다.

---

8. **속량贖良** 노비가 대가代價를 바쳐 노비 신분을 면하고 양인良人이 되는 것.

포천의 기이한 일

이현기

양파 정상공[1]이 포천 현감으로 부임한 날 밤에 등불을 켜고 책을 읽는데, 문득 관아 밖에서 부르는 소리가 떠들썩하게 들렸다. 심부름하는 하인에게 알아보라고 분부하니 관아의 하인들 모두가 "아무 소리도 못 들었습니다"라고 말했다. 정공鄭公이 의심을 풀지 못하고 있는데, 중문[2]이 저절로 열리더니 행차의 선두에서 벽제[3]하는 자들이 마루 앞으로 들이닥쳤다. 붉은 등불이 두 줄로 늘어서 땅을 비추는 가운데, 귀인 한 사람이 보였다. 귀인은 연각[4]이 달린 오사모[5]를 쓰고 양쪽 관자놀이에 옥관자[6]를 붙이고 몸

1. **양파陽坡 정상공鄭相公**　정태화鄭太和(1602~1673)를 말한다. '양파'는 그 호이다. 인조 때 우의정에 올라 효종·현종의 두 임금에 걸쳐 영의정을 지냈다.
2. **중문中門**　대문 안에 또 세운 문.
3. **벽제辟除**　지위 높은 사람이 행차할 때 수행하는 하인들이 일반 사람들의 통행을 금하던 일.
4. **연각軟角**　사모紗帽의 뒤에 붙은, 부드러운 천으로 만든 뿔.
5. **오사모烏紗帽**　사모紗帽. 문무백관이 관복을 입을 때 갖추어 쓰던 검은 모자. 검은 깁으로 만들며, 뒤에 뿔이 두 개 달려 있다. 오늘날에는 전통 혼례식에서 신랑이 쓴다.
6. **옥관자玉貫子**　정3품 이상의 당상관堂上官이 붙이는, 옥으로 만든 관자.

에는 백화비포[7]를 입고 허리에는 구첩[8]이 달린 서대[9]를 띠고 있었다. 귀인은 여덟 명이 멘 작은 가마에 타고 있었다. 가마 왼쪽에는 푸른 비단 양산을 폈고 오른쪽에는 파초선[10]을 들었으며 추종하는 무리들이 매우 많았다. 가마 아래에 있던 종사관이 "현감은 마루에서 내려오라!"라고 연달아 외치자 정공은 깜짝 놀라 아전에게 급히 물었다.

"저분이 어떤 관원이시냐?"

아전은 말했다.

"관아 뜰이 조용합니다. 아무것도 보이지 않습니다."

그러자 정공은 가만히 앉아 정신을 모았다. 귀인의 뒤에 섰던 종사관이 가마 앞으로 서둘러 나와 말했다.

"이 고을 현령이 격식을 모르니, 그 아전을 대신 벌하여 죄를 바로잡기를 청하옵니다!"

귀인이 고개를 끄덕였다. 아전은 현감 앞에서 업무를 보고하다 말고 갑자기 기절하여 인사불성이 되었다. 정공은 일이 돌아가는 형세가 좋지 않다 여기고 마루에서 내려와 절하고 맞이했다.

꾸꾸꾸꾸

7. **백화비포百花緋袍** 고관이 입는, 꽃무늬가 수놓인 붉은 비단 도포.
8. **구첩鉤牒** 조복朝服의 허리띠에 달린 쇠. 버클.
9. **서대犀帶** 1품의 관원이 조복에 띠는 무소뿔로 만든 띠.
10. **파초선芭蕉扇** 햇볕을 가리기 위해 받쳐 들던 파초 잎 모양의 부채. 조선 시대에는 정승이 외출할 때 썼다.

귀인이 마루에 올라 자리에 앉자 정공은 두 번 절한 뒤 무릎 꿇고 앉아 공손히 안부를 물었다. 고을 아전들은 놀라고 당황하여 큰소리로 외쳤다.

"관아 안에 아무 손님도 보이지 않는데, 상공께서는 누구를 맞이하시고 누구에게 절하고 꿇어앉으시는 것입니까?"

귀인이 말했다.

"관아가 소란스러우니 한담을 나눌 수 없소. 사또께선 좌우의 사람들을 물러가게 해 주셨으면 하오."

정공은 아전들을 꾸짖어 물러가게 했다. 아전들이 나가려 들지 않자 어서 물러가라고 호통을 쳤다. 그제야 아전들이 사방으로 흩어졌다. 귀인이 얼른 종사관에게 소리쳤다.

"벌 받고 있는 아전을 어서 풀어 주라!"

종사관이 "예!"라고 대답하자마자 아전이 깨어나 밖으로 나갔다.

정공이 말했다.

"존귀한 모습을 뵈니 어르신이 재상의 지위에 계신 줄 이제 알겠습니다만 제가 미천하여 대궐에서 한 번도 인사드리지 못했습니다."

귀인이 웃으며 말했다.

"나는 개국공신 하륜[11]이오. 사또와는 수백 년 떨어진 시기에

<hr>

11. **하륜河崙** 생몰년 1347~1416년. 이성계를 도와 조선을 창업했으며, 1·2차 왕자의 난 때 이

살았으니 어찌 내 얼굴을 알겠소?"

정공이 일어나 절하고 말했다.

"역사책을 볼 때마다 어르신의 공덕과 훌륭한 명성이 북두성만큼 높은 줄 익히 알았고, 제가 뒤늦게 태어나 어르신을 모실 수 없는 것이 늘 한스러웠습니다. 지금 다행히도 어르신의 말씀을 직접 받들게 되었으니, 천고의 기이한 일이라고 할 만합니다."

하공河公이 말했다.

"내 어찌 이런 찬사를 감당할 수 있겠소? 사또가 훗날 공명을 떨치고 공훈을 세운 뒤 내가 사또를 만나본 일을 두고 조용히 웃을 테니, 오히려 내가 다행이오."

정공이 말했다.

"어르신은 조선의 으뜸가는 한 분이십니다. 저처럼 용렬한 사람이 어찌 어르신의 자취에 미칠 수 있겠습니까?"

"다른 일은 내가 그대보다 못하지 않지만, 후대에 자손이 번성하고 당대에 선조의 유업을 계승하여[12] 천하에 아무 근심이 없는 이라면 사또 말고 또 누가 있겠소?"

"제게 아들이 몇 있긴 하나 모두 젖먹이들이니, 말씀하신 바를

방원을 도와 공을 세우고 태종 때 영의정을 지냈다.

12. 선조의 유업을 계승하여 정태화가 5대조인 영의정 정광필鄭光弼, 증조부인 좌의정 정유길鄭惟吉, 조부인 좌의정 정창연鄭昌衍, 부친인 형조판서 정광성鄭廣成의 업을 이어 고관에 오르리라는 말.

어찌 기대할 수 있겠습니까? 제가 듣기로는 어르신의 후손이 팔
도에 두루 퍼져 비록 좋은 벼슬자리를 얻지는 못했으나 힘써 일
하며 본분을 지키며 산다고 하니, 어찌 제 자식들만 못하겠습니
까?"

하공이 근심스런 얼굴로 말했다.

"나는 평생 동안 애쓰고 고생해서 1만 번 죽을 고비를 넘기며
간신히 가문을 세웠소. 그러나 후손들이 불초하여 나무꾼이나 목
동의 무리가 되었고, 내 무덤은 돌볼 사람이 없어 잡초가 덮이고
흙이 패인 지 이미 오래요. 하지만 그나마 다행인 건 산이 조용하
고 주변이 한적하다는 것이었소. 그런데 뜻밖에도 십 수 년 전 한
농가가 무덤 위에 집을 짓더니 뒤이어 여러 사람들이 지은 집과
농장이 즐비해져 어느덧 큰 마을을 이루고 말았소. 사람들의 떠
드는 소리, 말 울음소리, 닭 울음소리, 개 짖는 소리가 날마다 귀
에 들려 그 고통을 견딜 수 없는 지경에 이르렀소. 매번 고을 사
또에게 이 사정을 하소연하고 싶었으나, 평범한 사람이 나를 보
면 필시 두려움에 떨다가 죽음에 이르지 않을까 걱정되었기에 지
금까지 주저했소. 지금 다행히도 하늘이 사또를 보내 내 소원을
이루게 하시니, 사또께선 내 처지를 가련히 여겨 주시오."

정공이 일어나 절하고 말했다.

"제가 외람되이 고을 수령 노릇을 하면서 개국공신의 묘가 이
런 고초를 겪게 했으니 제 불민함을 자책할 따름입니다. 헌데 어

르신의 산소가 어느 산에 있습니까?"

"아무 산 아무 언덕으로, 지금은 아무 마을 아무개 집 마당이 되었소. 땅을 몇 자 파 보면 내 관이 있을 거요."

"어르신의 장손은 어디에 삽니까?"

"내 11대손 황璜이 지금 나주羅州에서 서창[13]의 관리를 담당하고 있는데, 이 아이가 장손이오. 허나 이 아이는 어리석고 학식이 없어 내 지손[14]인 영瑛과 적장손의 자리를 다투며 해마다 송사訟事를 벌여 군적軍籍을 면제해 주기를 빌고 있소.[15] 반면에 영은 재산이 제법 넉넉한데 억지로 내 사당을 빼앗아 제사를 주관하고 있으니, 말하기가 참으로 부끄럽구려."

"차면 기울고 성하면 쇠한다는 이치가 참으로 분명합니다. 개국 초 어르신의 부귀영화는 비할 데가 없었으니, 후손들의 영락이야 족히 마음에 두실 것이 있겠습니까?"

"참으로 말씀하신 그대로요. 하지만 사또의 가문은 대대로 나라의 녹을 받아 백세가 되도록 변함이 없을 것이요, 후대의 재상들도 모두 그대의 지손을 벗어나지 않을 테니, 흥망성쇠의 이치

❧❧❧❧

13. 서창西倉 지금의 전남 영암군 서쪽 지역에 있던 창고. 세곡을 보관하여 흉년에 대비하는 한편 춘궁기에 백성들에게 빌려주는 환곡을 보관하기 위해 설치했다.
14. 지손支孫 지파支派의 자손.
15. 적장손嫡長孫의 자리를~빌고 있소 조선 시대 공신의 후손은 군역 면제의 혜택을 받았기에 하는 말.

로 논할 일은 아니오. 단지 가운家運이 성하고 쇠하는 차이일 뿐이외다."

그 말이 끝나자 닭이 울었다. 하공은 일어나며 말했다.

"오래 얘기할 수 없어 서운하고 한스럽구려."

그러고는 가마를 타고 떠났다.

정공은 대문 앞에서 전송하고 즉시 아전들을 불러 방금 겪은 괴이한 일을 알렸다. 그러자 아전들이 한입으로 말했다.

"고을의 노인들이 하상공河相公(하륜)의 산소가 이 고을에 있는데 후손이 영락해서 산소 자리를 알 수 없게 되었다고들 했습니다. 아무 산 아무 언덕에는 새로 생긴 마을이 있습니다."

정공이 매우 신기해하며 새벽부터 말을 달려 가 보니 모든 것이 하공의 말 그대로였다. 땅을 파 보니 관이 나왔는데, 썩거나 망가지지 않은 상태였고, 관 위에 '영의정 겸 판호조사[16] 부원군[17] 하공'이라 적힌 글씨가 또렷했다.

정공은 초가집을 새로 짓고 관을 옮겨 모신 뒤 고을 아전들로 하여금 묘를 돌보고 제사를 지내게 하는 한편 자신이 직접 서울로 올라가 임금을 뵙고 사정을 아뢰었다. 임금은 즉시 적장손인 하황河璜에게 벼슬을 내리고, 파발마로 급히 하황을 불러 본 뒤

꙳꙳꙳꙳

16. **판호조사判戶曹事** 국가 재정을 총괄하는 종1품 관직.
17. **부원군府院君** 하륜은 70세에 벼슬에서 물러난 뒤 진산부원군晉山府院君에 봉해졌다.

개장改葬을 주관하도록 명했다. 또 호조戶曹에 명하여 돈 2천 냥을 하사하게 하고, 예조禮曹에 명하여 나라에 으뜸가는 공을 세운 대신의 전례에 비추어 하륜의 개장을 시행하게 했다.

정공은 하황과 함께 장례 준비에 착수하여 몇 달 만에 일을 다 마쳤다. 그러고 나서는 묘우[18]를 크게 짓고 비옥한 토지를 주어 하황이 산소를 지키며 살게 했다. 정공은 그제야 자기 관아로 돌아와 재계하고 술과 음식을 정갈하게 마련한 뒤 관아 사람들을 모두 물러가게 하고 하공이 사례하러 오기를 기다렸다.

3경(밤 12시 무렵)이 되자 과연 하공이 벽제하는 자들을 앞세우고 수행원들의 호위를 받으며 표연히 와서 거듭 감사 인사를 했다. 정공이 공손하고 겸손한 태도로 응대하자 하공이 말했다.

"이승과 저승의 길이 달라 내가 결초보은할 길이 없구려. 허나 사또께서는 저승의 보답을 두터이 받아 수명이 한 등급 연장될 테니 참으로 축하하오."

정공이 말했다.

"어르신께서 세상을 떠나신 후 세상이 누차 바뀌어 상전벽해가 되었으나 어르신의 영령은 흩어지지 않았습니다. 저 같은 사람도 죽은 뒤에 이승의 일을 알 수 있겠습니까?"

"내 넋은 500년을 지탱하게 되어 있는데 이제 300년이 지났으

---

18. 묘우墓宇 재실齋室. 무덤이나 사당 옆에 제사를 지내기 위해 지은 집.

니, 앞으로 200년 뒤까지는 알 수 있을 거요. 그러나 그 200년 뒤
에는 아무것도 알 수 없으니 서글프기 그지없구려."

"그렇다면 세상 사람들 모두가 그럴 수 있습니까?"

"넋이 오랫동안 흩어지지 않는 것은 그 사람의 타고난 기질이
어두운지 지혜로운지에 달렸소. 제왕이나 재상이라 할지라도 용
렬한 그릇이라면 죽는 순간 아무것도 알 수 없고, 하찮은 초목이
라 할지라도 빼어난 기운이 모인 것이라면 죽어도 넋이 남게 되
오. 사또는 정신이 탁월해서 보통 사람에 비할 바 아니니, 죽은
뒤에도 혼령이 100년은 사라지지 않을 거요."

"저승에 과연 조물주가 있습니까?"

"저승의 일은 누설할 수 없으니 묻지 말아 주시오."

"명나라는 큰 은혜를 베풀어 우리나라를 다시 만들어 주었으
니[19] 우리나라는 명나라와 함께 환난을 슬퍼하고 함께 망해야 할
의리가 있습니다. 불행히도 오랑캐 청나라가 대업大業을 찬탈하고
중국에서 황제를 일컫고 있으니, 지금 우리 조정 신하들은 군사
를 일으켜 청나라의 죄를 묻고 천하에 대의를 펴고자 하는 정대
한 논의를 하고 있습니다. 이 일의 길흉이 어떻겠습니까?"

"길흉은 너무도 알기 쉬우니 물을 것도 없소. 다만 조정 신하
들이 큰 절개를 지키고자 존망을 걸고 최후의 결전을 벌이다 변

---

19. **명나라는 큰~만들어 주었으니** 명나라가 임진왜란 때 참전하여 조선을 도운 일을 말한다.

방에서 죽는다면 죽어도 이름이 남을 것이요 나라의 명맥이 끊어져도 영예로울 것이니, 내 마땅히 우러러 찬양해 마지않을 것이오. 그러나 나라를 곤란에 빠지게 하는 것을 맑은 논의의 바탕으로 삼고, 중화中華를 존숭하는 대의를 출세의 계단으로 삼으며, 속으로는 오랑캐를 두려워하면서 겉으로만 아름다운 명성을 얻는다면[20] 나는 거기서 인정할 만한 점을 찾지 못하겠소."

"우리나라는 장정들을 긁어모아 군대를 이루면 백만 군사를 넉넉히 갖추고, 여러 고을에 비축된 곡식은 몇 년을 지탱하기에 충분하며, 밤낮으로 훈련하면 정예군대를 이룰 수 있습니다. 이들이 압록강을 건너고, 강계[21] 밖으로 나가면 우리 군대의 함성이 이르는 곳마다 명나라의 유민遺民 누구인들 청나라 군대의 대오에서 이탈하여 무기를 내려놓고 우리 군대를 맞이하지 않겠습니까? 또 오삼계[22]의 군대가 여전히 운남[23]에 있는데 정예부대에 군

❧❧❧❧

20. **나라를 곤란에~명성을 얻는다면** 송시열宋時烈 등의 노론老論 집권 세력이 주도한 북벌론北伐論의 허상을 지적한 말이다.
21. **강계江界** 평안북도의 지명. 지금의 자강도 강계시 일대.
22. **오삼계吳三桂** 명말 청초의 무신. 명나라 숭정제崇禎帝 때 요동총병遼東總兵으로서 산해관山海關을 지키다가 이자성李自成이 북경北京을 함락시키자 1644년 청나라에 투항했으며, 곧이어 청나라 군대를 이끌고 산해관 안으로 들어와 이자성 군대를 패배시킴으로써 청나라가 중원을 차지하는 기틀을 만들었다. 이 공으로 청나라는 오삼계를 평서왕平西王에 봉하고 운남雲南을 지키게 했다. 훗날 청나라 조정에서 평서왕의 지위를 뺏고자 하는 의론이 일어나자 1673년 청나라에 반기를 들어 스스로 '주제'周帝라 칭하며 이른바 '삼번三藩의 난'을 일으켰으나 병사했다.
23. **운남雲南** 중국 운남성雲南省 일대.

량도 충분하니, 만약 이들과 힘을 합해 명나라 황실을 부흥하기로 맹세한다면 어찌 만전지책이 아니겠습니까?"

"사또는 아직도 탁상공론을 하고 있소? 천하만사가 천시天時와 지리地利와 인사人事의 제약을 넘지 못하는 법이오. 지금 중화의 운은 차츰 쇠하고 북방의 운은 왕성하니 청나라의 통치가 300년은 지속될 거요. 이게 바로 천시의 어쩔 수 없음이오. 산해관[24]은 천험의 요새이니 우리나라 오합지졸이 험한 천 리 길을 가는 동안 100번 싸우며 산해관 앞에 이르면 저들은 연燕·계薊[25]의 군사들로 요충지를 굳게 지키며 편안하게 쉰 군대로 피로한 군대를 맞이할 것이오. 게다가 영고[26]의 여진족 군사가 우리 군대의 후방을 치면 우리는 앞뒤로 적의 공격을 받아 전군과 후군이 서로 응할 수 없을 거요. 군량을 수송하는 길도 끊어지고 후퇴해 돌아올 길도 가로막히면 수레 한 대라도 귀국할 수 있겠소? 이게 바로 지리의 어쩔 수 없음이오.

돌이켜 보건대 병자년[27]에 저들은 기병 수천으로 우리 영토 깊숙이 들어와 마치 드넓은 바다에 외로운 배 한 척, 넓은 들판에

❧❧❧

24. **산해관**山海關 하북성河北省 임유현臨楡縣의 관문. 만리장성의 기점으로, '천하제일관'天下第一關이라 일컬어지는 요충지이다.
25. **연**燕·**계**薊 중국 하북성 일대. '연'은 북경 및 그 북부, '계'는 북경 서남쪽 일대를 일컫는 말.
26. **영고**寧古 영고탑寧古塔. 길림성吉林省 모란강牧丹江 연안의 지명으로, 청나라의 발상지이다.
27. **병자년** 병자호란이 일어난 1636년.

썩은 풀 같은 신세였지만, 수천 리 우리 땅에 저들을 똑바로 쳐다보는 사람 하나 없더니 마침내 도성까지 침략 당해 굴욕적인 강화講和 조약에 운명을 걸고 말았소. 지금 오랑캐의 부강함은 그때에 비할 바가 아니오. 우리 군대의 진법은 고작해야 장사진[28]뿐이고, 용렬한 장수와 나약한 병사들은 적을 보면 미리 후퇴할 생각부터 하니 젖먹이를 호랑이 굴로 들여보내는 것과 무엇이 다르겠소? 또 오삼계는 임금의 은의를 저버리고 나라를 배신한 뒤 스스로 제위帝位를 엿보고 있으니 이런 자와 동맹하는 것은 불가하오."

"참으로 말씀하신 그대롭니다. 화의和議를 고수해야 하겠습니다."

"우리나라 사람들은 허황된 논의를 좋아하다가 막상 일이 닥치면 겁부터 집어먹소. 좀 전에 하신 말씀은 모두 부질없는 생각에 지나지 않소."

"우리나라의 법이 지극히 훌륭하나 법이 오래 되면 폐단이 생기는 법인지라 지금 백성들에게 해를 끼치고 국정을 좀먹는 것을 일일이 열거할 수 없을 지경입니다. 어르신께서 가르침을 주시기 바랍니다."

"부유한 권세가에 노예가 많아 곳간과 곡식 창고와 동산과 채

28. 장사진長蛇陣　뱀처럼 한 줄로 길게 벌인 병진兵陣.

마밭마다 지키는 자를 두고, 농사와 길쌈과 물 긷는 일과 나무하는 일마다 담당하는 종이 있소. 이 여덟 가지 일은 본래 폐단의 근원이 아니나 종 하나가 자기 직분을 다하지 못하면 한 가지 일에 폐단이 생기고, 종 여덟 명이 직분을 다하지 못하면 여덟 가지 일에 폐단이 생기오. 그러나 가장이 용렬하고 게으른 종을 도태시키고 똑똑하고 부지런한 자를 그 자리에 대체하면 모든 일이 잘 돌아가게 될 거요. 하물며 나라 일이야 더 말할 나위가 있겠소?"

정공이 절하여 사례하고 말했다.

"지금의 가르침은 참으로 간명하면서도 핵심을 찌른 말씀이라 마음과 몸이 모두 경복敬服하게 만듭니다."

"내가 오랫동안 이승에 머물 수 없으니 이제 작별을 고해야겠소이다. 사또는 몸조심하고 안녕히 계시오."

"어르신께서 먼 걸음을 해 주실 줄 알고 음식을 조금 준비했으니 부디 물리치지 말아 주십시오."

"이미 후의를 입었거늘, 어찌 감히 사양하겠소이까?"

정공은 함께 내실로 가서 마련해 둔 술과 음식을 올렸다. 하공이 음식에 하나씩 입을 대자마자 순식간에 음식이 다 사라졌다. 하공이 일어나 표연히 떠나자 정공은 관아 대문 밖까지 나와 전송했다. 정공이 관아로 돌아와 술병과 주안상을 보니 조금 전 텅 비었던 것이 지금은 문득 가득해서 조금도 줄어든 것이 없었다.

정공은 한참 동안 탄식하고 밤새도록 잠을 이루지 못했다.

훗날 정공은 공명을 드날리고 그 후손도 번성해서 하공의 말에 모두 부합했다.

홍환

이덕수

홍환洪晥이라는 사람은 작고한 판서 홍우원[1]의 서질[2]이다. 대대로 안성 소만리[3]에 살다가 훗날 수원으로 이사했다.

갑자년(1684) 가을, 판서 부인을 안성으로 이장하면서 홍씨 일가가 다 모이기로 했는데, 홍환 혼자만 노모의 병환 때문에 지체되어 모임 하루 전에야 겨우 출발했다. 소만리까지 5리가 채 못 남았을 때 날이 벌써 저물었다. 문득 등 뒤에서 사람 말소리가 들려 돌아보니 하인 두 명이 말 한 마리를 몰고 오는데 퍽 낯익은 얼굴이었다. 하인들이 홍환에게 말했다.

"서방님 타신 말이 몹시 지쳐 보이니, 이 말로 갈아타시는 게 어떻겠습니까?"

❀❀❀❀

1. **홍우원洪宇遠** 생몰년 1605~1687년. 숙종 때 예조판서와 이조판서를 지냈으며, 호는 남파南坡이다.
2. **서질庶姪** 서얼 조카.
3. **소만리蘇晩里** 지금의 경기도 안성시 대덕면 소현리 일대. 이곳에 홍우원의 묘소가 있다.

홍환은 흔쾌히 좋다고 했다. 홍환이 새 말에 올라타자 말이 허공을 박차고 날아올라 발 아래로 구름이 일더니 순식간에 속리산 운장대[4]에 이르렀다. 화려하게 꾸민 누각이 아스라이 보이는데, 그 건물이며 계단이며 뜰이며 문이 모두 예전에 본 것이었다. 젊은 여인이 나와서 홍환을 맞이했다. 자태가 매우 아리따웠다. 여인은 말했다.

"두터운 옛 인연이 있어 지금에야 다행히 만나 뵙게 되었습니다. 다만 서방님께서 속세에서 칠성제[5]를 지내지 않으셨기에 오늘 만남이 제게는 참으로 행운이지만 서방님께는 큰 액운입니다."

여인은 술을 한 잔 권했다. 술에서 기이한 향이 났다. 이윽고 홍환은 여인과 잠자리를 같이했는데, 속세에서와 조금도 다름이 없었다.

날이 밝았다. 주위를 둘러보니 홍환 자신은 운장대에 누워 있고, 화려한 누각과 젊은 여인은 어디에도 보이지 않았다. 홍환은 마음이 상쾌해지며 속세에 대한 생각이 싹 사라졌고, 굶주림과 목마름도 전혀 느끼지 못했다. 날이 저물자 화려한 누각과 젊은 여인이 다시 눈앞에 나타났다. 그렇게 사흘을 지낸 뒤 여인이 말

---

4. **운장대雲藏臺** 속리산 문장대文藏臺의 다른 이름.
5. **칠성제七星祭** 음력 정월 초이렛날 한밤중에 수명장수, 소원 성취, 평안 무사를 칠성신七星神에게 비는 제사.

했다.

"우리의 인연은 여기까지입니다. 서방님은 돌아가셔서 꼭 칠성제를 지내십시오. 부디 제 말을 잊지 마세요."

여인은 붉은 비단을 한 자 잘라 그 위에 시 한 편을 써 주었다. 그 시는 다음과 같다.

거울 깨지고 난새가 짝 잃은 지[6] 몇 백 년인가
부상[7]과 약수[8]처럼 3천 리나 떨어져 있네.
옛 인연 이루지 못해 길이 그리워하거늘
푸른 바다와 푸른 하늘이 밤마다 이어지네.

또 한 편의 시 중 첫 두 구절은 다음과 같다.

옥황상제께서 오늘의 만남 허락하시니
초나라 양대[9]의 구름과 달은 예전 그대로네.

---

6. **거울 깨지고 난새가 짝 잃은 지** 남녀의 이별을 말한다. '거울이 깨졌다'는 말은 진陳나라 서덕언徐德言이 낙창공주樂昌公主와 결혼했다가 난리를 만나 헤어지며 거울을 깨뜨려 각기 그 반씩 간직하면서 다시 만날 때의 신표信標로 삼자고 한 데서 유래하는 말이다. 난새는 금슬이 좋은 새로, 짝 잃은 난새가 거울에 비친 제 모습을 보고 제 짝을 그리워해 슬피 울다 죽었다는 고사가 있다.
7. **부상扶桑** 바다 동쪽 2만여 리 지점에 있다는 해 돋는 곳.
8. **약수弱水** 험난해서 건널 수 없다는, 전설상의 강 이름. 3천 리 길이에 부력이 매우 약해 새의 깃털도 가라앉는다고 한다.

나중 두 구절은 잊어서 기록하지 못한다.

날이 밝자 젊은 여인이 사라졌고, 여인이 비단에 써 준 시도 함께 사라졌다. 홍환은 문득 이런 생각이 들었다.

'판서 부인의 장례일이 벌써 지났고, 어머니 병환도 중한데, 내가 어쩌다 이런 미치광이 짓을 했단 말인가?'

즉시 산 아래 서림사西林寺로 가서 밥을 달라고 청해 요기를 한 뒤 걸어서 집으로 돌아갔다.

홍환의 집에서 홍환의 행방을 모른 지도 벌써 여드레가 지났다. 당초에 홍환이 타고 갔던 말이 안장 없이 홀로 돌아온 것을 보고는 홍환이 도적을 만나 살해당한 게 아닐까 의심했다. 홍환의 아우 홍호洪琥는 남재훈南載薰이라는 점쟁이에게 가서 형의 행방을 물었다. 남재훈은 괘를 펼쳐보더니 깜짝 놀라 말했다.

"죽은 게 틀림없습니다!"

그러고는 점괘를 풀이해 주었다.

"도인이 되고 신선이 되었는데, 중도 아니고 속인俗人도 아니니, 이게 죽은 게 아니면 무엇이겠습니까?"

그러던 차에 홍환이 돌아왔다. 하지만 홍환은 끝내 칠성제를

9. **초楚나라 양대陽臺** 지금의 중국 중경시重慶市 무산현巫山縣 고도산高都山에 있던 누대. 춘추
시대 초나라의 회왕懷王이 양대에서 낮잠을 자다가 꿈에 무산巫山(중국 호북성 서부에 있는
산)의 여신을 만났는데, 무산의 여신이 자신은 아침에는 구름이 되고 저녁에는 비가 된다고
말한 뒤 잠자리를 함께했다는 전설이 있다.

지내지 못했다. 그 뒤 의술로 벼슬길에 나가서 귀후서 별제[10]에 이르렀으며, 49세에 죽었다.

숙종 때 홍환이 입시했다가[11] 속리산에서 겪은 일을 임금께 아뢰어 대궐 안에 그 이야기가 퍼졌다. 사건이 몹시 괴이하긴 하나 허탄한 것은 아니므로 기록해 둔다.

꽃옷꽃옷

10. **귀후서歸厚署 별제別提**　'귀후서'는 장례에 필요한 물품 공급을 관장하던 관서. '별제'는 6품 벼슬.

11. **숙종肅宗 때 홍환이 입시入侍했다가**　홍환은 1706년(숙종 32) 귀후서 별제로서 윤대관輪對官 (관서를 대표하여 임금에게 해당 관서의 업무를 보고하는 역할을 맡은 관리)이 되어 입시한 바 있다.

길씨녀

신돈복

길정녀[1]는 서관西關(평안도) 영변[2] 사람이다. 아버지는 영변부[3]의 향관[4]이었고, 길씨는 그 서녀庶女였다. 부모가 모두 세상을 뜨자 길씨는 숙부에게 의탁했는데, 스무 살이 되도록 시집가지 못한 채 길쌈과 삯바느질로 생계를 꾸렸다.

이에 앞서 경기도 인천 땅에 신명희申命熙라는 선비가 살았는데, 소싯적에 이상한 꿈을 꾸었다. 꿈속에 어떤 노인이 대여섯 살 된 여자아이 하나를 데리고 왔다. 그런데 여자아이의 얼굴에 입이 열한 개나 있는 게 아닌가? 신생申生이 깜짝 놀라자 노인이 말했다.

"이 아이가 훗날 자네의 배필이 되어 해로할 걸세."

꽃꽃꽃꽃

1. **길정녀吉貞女** 정조가 굳고 행실이 깨끗한 여성 길씨.
2. **영변寧邊** 평안도의 고을 이름.
3. **영변부寧邊府** '부'府는 대도호부사大都護府使(정3품)가 수령으로 파견되는 대도호부大都護府, 도호부사(종3품)가 파견되는 도호부都護府, 부윤府尹(종2품)이 파견되는 부府를 아울러 칭하는 행정구획 명칭이다. 영변부는 평안도에 설치된 대도호부였다.
4. **향관鄕官** 향소鄕所의 좌수座首나 별감別監을 이른다.

꿈에서 깬 뒤 참으로 기이한 일이라 여겼다.

신생은 마흔 살이 넘어 부인을 잃었다. 살림을 맡았던 사람이 세상을 뜨고 나니 마음이 처량했다. 몇 번이나 첩을 들이려고 했지만 번번이 어긋나 성사되지 않았다.

마침 친구가 영변 부사⁵로 나가게 되어 신생도 함께 영변으로 갔다. 그러던 어느 날 예전 꿈속에서 보았던 노인이 또 꿈에 나타났다. 이번에도 입이 열한 개인 여자를 데려왔는데, 이미 장성해 있었다. 노인이 말했다.

"이 아이가 장성해서 이제는 자네에게 보내야겠네."

신생은 더욱 괴이하게 여겼다.

그때 내아⁶에서 고을 아전에게 세마포⁷를 사오라고 시키자 아전이 말했다.

"여기 향관의 딸이 짠 세마포가 이 지역에서는 최상품으로 유명합니다. 지금 짜고 있는 것이 거의 마무리되어 간다고 하니, 잠시만 기다려 주십시오."

이윽고 세마포를 사 왔는데, 참으로 가늘고 곱게 짠 물건이라 접으면 사발 안에 다 들어갈 정도였다. 정갈하고 정교한 솜씨가 세상에 드문 것이어서 신기하다고 찬탄하지 않는 이가 없었다.

꾼꾼꾼꾼

5. **부사府使** 정3품 벼슬인 대도호부사大都護府使를 말한다.
6. **내아內衙** 지방 관아의 안채. 수령과 그 가족이 거주했다.
7. **세마포細麻布** 삼 껍질에서 뽑아낸 가는 실로 곱게 짠 베.

신생은 향관의 딸이 서녀임을 알고는 문득 첩으로 들이고 싶은 생각이 들었다. 그리하여 그녀의 집과 가까이 지내는 마을 사람을 찾아 두터운 교분을 쌓은 뒤 중매를 부탁했다. 여자의 숙부가 좋아하자 신생은 당장 폐백을 준비하고 예를 갖추어 그 집으로 갔다. 여자는 길쌈을 잘할 뿐 아니라 용모와 자태가 매우 아름답고 행동거지도 단아해서 완연히 서울 높은 벼슬아치 가문의 법도가 있었다. 신생은 바라던 것 이상이라 매우 기뻐하며 그제야 열한 개의 입이 '길할 길吉' 자를 뜻한다는 것을 깨달았다.[8] 하늘이 정한 인연에 깊이 감사하며 부부간의 정과 의리가 더욱 돈독해졌다.

신생은 몇 달을 더 머물다가 고향으로 돌아갔다. 길씨에게는 머지않아 데리고 가겠다고 약속했다. 집으로 돌아온 뒤 이리저리 얽매이는 일이 많아 3년이 지나도록 약속을 지키지 못했다. 길이 멀고도 멀어 소식조차 끊겼다. 길씨의 친척들은 더 이상 신생을 믿을 수 없다고 여겨 몰래 돈을 받고 길씨를 다른 사람에게 보내기로 의논했다. 길씨는 몸가짐을 더욱 단정히 해서 집 안 마당에 나올 때에도 반드시 주의했다.

길씨가 살던 고을에서 산 하나를 넘으면 운산[9] 땅인데, 길씨의 당숙이 운산에 살았다. 이때 젊은 무관인 운산 사또가 첩을 두고

꽃꽃꽃꽃
8. **열한 개의~것을 깨달았다** '열한 개의 입', 곧 '十一口'가 '吉'을 파자破字한 것인바, 열한 개의 입을 가진 여자가 바로 길씨임을 깨달았다는 뜻.
9. **운산雲山** 평안도의 군郡 이름. 영변 북쪽에 있다.

싶어서 고을 사람들에게 마땅한 사람이 있는지 묻고 다녔다. 당숙은 길씨를 첩으로 들이고자 관아에 드나들며 주도면밀하게 계획을 세워 혼례식 날짜까지 정했다. 당숙은 또 사또에게 비단을 비롯한 여러 물품을 달라고 청해서 길씨에게 혼례식 날에 입을 옷을 짓게 하겠다고 했다. 마침내 당숙이 길씨의 집을 방문해 정답게 안부를 묻고 나서 말했다.

"우리 아들의 혼례식이 다가오는구나. 신부 옷을 지어야 하는데 집에 옷 지을 사람이 없으니, 네가 잠시 와서 도와줬으면 한다."

길씨가 대답했다.

"서방님이 지금 감영[10]에 와 계셔서 허락을 받아야 나갈 수 있답니다. 당숙님 댁이 비록 가깝지만 다른 고을인지라 제 마음대로 갈 수 없습니다."

당숙이 말했다.

"신생의 승낙을 받으면 허락하겠느냐?"

길씨가 말했다.

"네."

당숙은 집으로 돌아가서 신생의 편지를 거짓으로 꾸며 썼다. 친척과의 관계를 돈독히 하는 데 힘써 어서 가서 도와주라는 내용이었다. 그때 상서尚書(판서) 조관빈[11]이 평안도 관찰사를 지내

---

10. 감영監營 관찰사가 상주하며 업무를 보는 관청.

고 있었는데, 신생이 인척지간이어서 감영에 와 머물고 있었다. 당숙은 오랜 시간이 지났는데도 신생이 오지 않자 신생이 길씨를 버린 것이라 여기고 이런 속임수를 썼던 것이다.

길씨는 가짜 편지를 받고는 어쩔 수 없이 당숙의 집으로 갔다. 길이를 재서 옷감을 자르고 바느질을 하며 며칠을 보냈으나 당숙 집의 남자들과 이야기 한 번 나누는 법이 없이 오직 옷 만드는 일에만 전념했다.

하루는 당숙이 사또를 초대해 길씨를 몰래 엿보게 해서 자기 말을 증명해 보이려 했다. 길씨는 사또가 그 집에 온다는 말을 들었으나 속사정이 어떤지 전혀 알지 못했다. 밤이 되어 등불을 켜자 당숙의 맏아들이 길씨에게 말했다.

"누이는 항상 벽을 향해 앉아 등불을 켜고 있는데 왜 그래? 여러 날 고생했으니 잠깐 쉬면서 나하고 얘기 좀 해."

길씨가 말했다.

"나는 피곤한지 모르겠어요. 그냥 앉아서 얘기하세요. 다 들리니까요."

맏아들이 웃으며 다가와 길씨의 몸을 끌어당겨 돌려 앉히려 했다. 그러자 길씨가 정색을 하고 화를 내며 말했다.

❧❧❧

11. **조관빈趙觀彬** 　생몰년 1691~1757년. 숙종·영조 때의 문신으로, 호는 회헌悔軒이다. 대사 헌·도승지·형조판서·대제학을 역임했다. 1742년(영조 18) 8월 5일 평안 감사에 제수되었다.

"가까운 친척이라 해도 남녀가 유별하거늘, 왜 이리 무례하세요?"

이때 사또가 창문 틈으로 엿보고 있다가 어렵사리 길씨의 얼굴을 한 번 보니 매우 놀랍기도 하고 기쁘기도 했다. 길씨는 화가 그치지 않아 창을 열고 나왔다. 뒤채로 가서 앉아 있으려니 더욱 분통이 터졌다. 그때 문득 창밖에서 어떤 사내의 목소리가 들렸다.

"이렇게 예쁜 여자는 난생 처음 보누먼. 서울의 미녀라도 대적하기 쉽지 않겠네."

길씨는 그제야 그 사람이 사또임을 알고는 가슴이 벌렁대더니 기가 막혀 까무러쳤다가 한참 뒤에야 깨어났다.

이튿날 길씨가 하던 일을 팽개치고 급히 돌아가려 하자 당숙이 그제야 사실을 털어놓고 말했다.

"신생이란 사람은 가난하고 나이가 많아서 머지않아 저승 사람이 될 게다. 게다가 집도 매우 멀어서 한번 가면 돌아오지 않으니, 너는 버림받는 신세가 될 게 틀림없다. 너처럼 젊고 아름다운 아이가 부잣집에 시집가야 하지 않겠느냐. 지금 이 고을 사또는 젊고 이름난 무관이라서 앞길이 구만리이거늘, 너는 왜 바라볼 것 없는 사람을 기다리다가 평생을 그르치려 하느냐?"

당숙은 감언이설을 늘어놓으며 달래기도 하고 으르기도 했다. 그러나 길씨는 그럴수록 더욱 분하고 성이 나서 매서운 말로 꾸짖으며 서녀로서 지켜야 할 도리도 더 이상 아랑곳하지 않았다.

당숙은 뾰족한 수가 없는 데다 사또에게 죄를 얻을까 두렵기도 했다. 그리하여 아들들과 모의해 함께 길씨를 붙잡아 앞뒤에서 밀고 당기며 곁방에 가두었다. 튼튼한 자물쇠를 채우고 음식만 겨우 넣어 주며 혼례식 날까지 기다렸다가 사또에게 강제로 바치려는 것이었다.

길씨는 방 안에서 목 놓아 울고 큰소리로 욕하며 며칠 동안이나 음식을 입에 대지 않았다. 몸이 여위고 기력이 떨어져 아무 기운이 없었다. 곁을 보니 방 안에 생마[12]가 많이 있었다. 길씨는 생마로 가슴에서 다리까지 온몸을 꽁꽁 동여매 겁탈 당하는 일을 막아 보려 했다. 그러다 잠시 후 마음을 바꾸었다.

'흉악한 놈들의 손에 헛되이 죽느니 이놈들을 죽인 뒤 나도 목숨을 끊어 원한을 갚는 게 낫지 않을까? 그러려면 억지로라도 먹고 기운을 차려야지!'

길씨는 처음 방에 갇힐 때 아무도 모르게 허리춤에 식칼 하나를 숨겨 두고 있었다. 계획이 정해지자 길씨가 당숙에게 말했다.

"이제 제 기력이 다했어요. 분부대로 따를 테니, 음식을 많이 넣어 주세요. 오랫동안 주린 배를 채워야겠어요."

당숙은 반신반의하면서도 매우 기뻐서 밥과 맛좋은 반찬을 문틈으로 연이어 넣어 주며 지극정성으로 길씨를 달랬다.

---

12. **생마生麻** 날삼. 삶아서 뽀얗게 처리하지 않은 삼.

이틀 동안 잘 먹어 기력을 되찾고 나니, 바로 그날 저녁이 혼례식이었다. 사또가 사랑채에 도착하자 당숙이 비로소 곁방 문을 열고 길씨를 나오게 했다. 길씨는 방문 안쪽에 몸을 바짝 붙이고 있다가 문이 열리자마자 식칼을 들고 뛰쳐나왔다. 앞에 서 있던 당숙의 맏아들을 칼로 찌르니 맏아들이 외마디 비명을 지르며 쓰러졌다. 길씨가 큰소리로 부르짖으며 이리저리 뛰어다니다가 마주치는 이가 있으면 남녀노소를 불문하고 좌충우돌 칼을 휘두르니, 그 누가 막을 수 있겠는가? 머리가 깨지고 얼굴이 찢어져 피가 땅에 가득했으나 감히 그 앞에 나설 자가 없었다.

사또는 그 광경을 보더니 넋이 나가고 간이 떨어져 문밖으로 나갈 겨를도 없이 방 안에서 문고리만 꼭 붙잡은 채 어찌할 바를 몰랐다. 길씨가 문을 걷어차고 손발을 다 써서 있는 힘껏 치자 방문이 다 부서졌다. 길씨가 온갖 말로 사또를 호되게 꾸짖었다.

"네가 나라의 두터운 은혜를 입어 이 고을의 사또가 되었으면, 온 힘을 다해 백성을 보살펴 임금님께 보답할 생각을 했어야 옳다. 하지만 지금 너는 백성에게 포악을 부리고 여색이나 밝히며 고을의 흉악한 백성과 결탁해서 사대부의 소실을 겁박하고 있으니, 이는 짐승만도 못한 짓이요 천지가 용납하지 못할 일이다. 나는 어차피 네 손에 죽을 운명이니, 너를 먼저 죽이고 난 뒤에 목숨을 끊겠다!"

사나운 말이 칼날 같고 매서운 기운이 눈서리 같았다. 큰소리로 꾸짖는 소리가 사방에 진동하니 구경꾼이 몰려와 그 집을 백 겹이나 둘러쌌다. 혀를 차며 탄식하지 않는 이가 없었고, 분해서 팔을 걷어붙이는 사람이 있는가 하면 눈물 흘리는 사람도 있었다.

이때 당숙 부자는 숨어서 감히 밖으로 나오지 못하고 있었다. 사또는 방 안에 엎드려 머리를 조아리고 거듭 절하며 애걸했다.

"부인이 이처럼 굳은 지조를 지닌 분인지 모르고 못된 자에게 속아 이 지경에 이르렀소이다. 저자를 죽여 부인께 사죄하려 하니 제발 나를 용서하시오."

사또는 즉시 아전을 시켜 당숙을 잡아오게 했다. 당숙이 끌려오자 말안장에 앉힌 뒤 성이 나서 욕을 하며 곤장을 매우 치고 무릎을 짓밟았다. 당숙의 피와 살이 어지러이 흩어지기에 이른 뒤에야 사또가 겨우 방문 밖으로 나와서 부리나케 말을 몰고 관아로 돌아갔다.

이때 이웃사람이 길씨의 집에 소식을 전하자 그 집에서 즉시 와서 길씨를 데려갔다. 마침내 신생에게 달려가 사건의 전말을 자세히 알리니, 평안 감사도 소식을 전해 듣고 깜짝 놀라 분노했다.

당시 영변 부사는 무인 출신이어서 운산 사또의 부탁에 따라 길씨가 칼을 뽑아 사람을 찔렀다고 감영에 보고하고 엄중한 벌로 다스릴 것을 청했다. 감사는 영변 부사에게 공문을 보내 엄하게 꾸짖고, 즉시 조정에 글을 올려 운산 사또를 파직하고 평생 벼슬을 하지 못하게 해 달라고 청했다. 감사는 또 당숙 부자를 붙잡아다가 형장刑杖을 쳐서 엄하게 신문하고 외딴섬으로 귀양 보냈다. 그러고 나서 하인들을 보내 길씨를 감영으로 맞이해 온 뒤 크게 칭찬하고 후한 상을 주었다.

신생은 길씨와 함께 즉시 서울로 올라가 아현[13]에 살다가 몇 년 뒤 인천 옛집으로 돌아갔다. 길씨는 집안일에 힘써 마침내 집을 부유하게 만들었으니, 더욱 현명한 사람이라는 칭송을 받았다.

신생은 을축년(1685) 생인데, 지금도 노쇠하지 않고 건강하다. 상사[14] 유응상[15]이 그 이웃에서 태어나 신생과 교분이 퍽 두터웠기에 그 일을 자세히 알고 위와 같이 말해 주었다.

옛날의 열녀들은 살신성인하여 사람들의 마음을 아프게 하고 슬픔에 잠기게 하는 경우가 많지 끝내 복록을 누린 이는 드물었다. 그러나 이 여인은 몸소 씩씩한 의기와 절개를 한 시대에 드러내고, 남편과 함께 장수하고 부를 누리며 행복하고 정답게 한평생을 살았으니, 절개와 복록을 모두 얻은 이가 아니겠는가? 참으로 훌륭하다!

꽃꽃꽃꽃

13. 아현阿峴　애오개. 서울 마포구 아현동에 있는 고개.

14. 상사上舍　진사나 생원을 일컫는 말.

15. 유응상柳應祥　생몰년 1716년~? 자는 여석汝錫, 본관은 진주이고, 1757년(영조 33년) 진사시에 합격했다. 음직으로 산릉 참봉, 사헌부 감찰, 종묘령宗廟令 등을 역임하고, 외직으로 적성 현감을 지냈다.

우병사의 아내

노명흠

병사[1] 우하형[2]은 평산[3] 사람이다. 젊었을 때는 몹시 곤궁한 무인이어서 평안도 강변 고을[4]에 가서 북쪽 변방을 지켰다. 여기서 퇴기退妓 한 사람을 만나 물 긷는 여종으로 삼았다가 잠자리를 같이하기에 이르렀다. 그녀가 우하형에게 말했다.

"선달님[5]께서 저를 첩으로 삼으셨는데, 제 의식을 대 줄 재산은 있으세요?"

우하형이 말했다.

♣♣♣♣

1. **병사兵使**　병마절도사兵馬節度使. 조선 시대 각 도의 육군을 지휘하는 책임을 맡은 종2품 무관 벼슬.
2. **우하형禹夏亨**　숙종~영조 때의 무신. 1728년(영조 4) 곤양 군수로서 이인좌李麟佐의 난을 평정하는 데 공을 세우고, 이후 황해도·경상도 병마절도사, 회령 부사 등을 지냈다.
3. **평산平山**　황해도의 군 이름.
4. **강변 고을**　강변칠읍江邊七邑, 곧 평안도의 압록강 가에 있는 의주義州·삭주朔州·창성昌城·벽동碧潼·초산楚山·위원渭源·강계江界 등 일곱 고을을 말한다.
5. **선달님**　'선달'先達은 원래 무과에 급제했으나 한정된 정원 때문에 아직 임관되지 못한 사람을 이르는 말인데, 여기서는 아직 무과에 급제하지 못한 우하형을 높여 부른 호칭이다.

"객지에서 홀로 지내다가 우연히 자네를 좋아하게 되어 자네가 내 빨래나 해 주고 버선이나 기워 줬으면 할 뿐이네. 나 같은 빈털터리가 무슨 수로 자네 의식을 대겠나?"

"제가 이미 선달님의 잠자리를 모셨으니, 첩으로서 철마다 선달님의 옷을 해 드려야 마땅한데 어떻게 하지요?"

"내가 어찌 감히 그런 일을 바라겠나? 그런 일일랑 염려 말게, 염려 말아."

그녀는 그 뒤로 부지런히 삯바느질을 하고 길쌈을 해서 우하형의 의복이며 음식을 빠뜨리는 법이 없었다.

북쪽 변방에서의 임기가 다 되어 떠날 날이 되자 그녀가 우하형에게 말했다.

"선달님께서는 여기서 떠나신 뒤 서울로 가서 벼슬자리를 구하실 겁니까?"

우하형이 말했다.

"죽도록 가난한 내 처지에 행장을 차리고 양식을 준비해 서울로 가서 머물 가망이 전혀 없네. 평산으로 돌아가 다 쓰러져 가는 집에서 늙어 죽는 수밖에."

그녀가 말했다.

"제가 선달님의 관상을 보니 결코 적막하게 생을 마칠 분이 아니고, 앞으로 병마절도사에 오르실 듯합니다. 제게 일생 동안 힘들여 모은 은화 600냥이 있습니다. 이 돈으로 돌아갈 행장을 차리고 말과 옷을 준비하셔서 서울로 올라갈 궁리를 해 보세요. 저는 천한 사람이라 선달님을 위해 수절하고 홀로 살 수 없습니다. 우선 아무개 집에 의탁해 지내다가 선달님이 평안도 고을 수령으로 나오시면 그 즉시 관아에서 만나기로 하지요."

뜻밖에 큰돈을 얻은 우하형은 그녀의 의기와 지혜에 감동했다. 한편으로는 어리둥절하고 한편으로는 서글퍼하며 훗날 다시 만나기로 굳게 약속하고 헤어졌다.

그녀는 당장 홀아비 장교의 집으로 갔다. 장교는 그녀의 사람 됨이 우매하지 않은 것을 좋아하여 후처로 삼겠다고 했다. 그러자 그녀가 말했다.

"제가 당신의 전처를 이어 집안 살림을 대신 맡으면서 살림 인수를 희미하게 할 수 없습니다. 집에 있는 그릇이 몇 개며, 곡식이 얼마며, 베와 비단이 얼마인지 장부에 기록하고 정확히 숫자를 맞춰 본 뒤에 살림을 맡기시는 게 좋겠어요."

장교가 말했다.

"우리 부부가 해로하기로 기약했거늘, 장부를 기록해 주고받으며 서로 의심하듯이 해서야 되겠나?"

그녀가 완강히 청하자 결국 그 말에 따랐다.

그녀가 장교의 집에 들어간 뒤로 재산 관리에 힘써 가산이 날로 늘어나니 장교가 그녀를 몹시 사랑하고 소중히 여겼다. 어느 날 그녀가 장교에게 말했다.

"제가 글을 조금 아는데, 조보[6]에 나오는 정사[7] 보기를 좋아합니다. 조보가 이 고을에 오는 즉시 빌려서 제게 보여 주세요."

장교는 조보가 이르는 대로 빌려다가 그녀에게 보여 주었다. 몇 년 뒤 정목[8] 중에 "선전관[9] 우하형", "주부[10] 우하형", "경력[11] 우하형"이라는 글자가 보였다. 그녀는 속으로 매우 기뻐했다. 7년이 지나자 과연 우하형이 관서 큰 고을의 수령으로 임명되었다. 그녀는 생각했다.

'오늘부터는 조보만 빌려 보고 있으면 되겠구나!'

며칠 뒤 조보에 "아무 고을 수령 우하형이 하직[12]했다"라는 내용이 들어 있었다. 그러자 그녀는 장교에게 말했다.

"처음부터 저는 당신 집에 오래 머물 계획이 없었는데, 이제 헤어질 때가 되었습니다."

장교가 깜짝 놀라 어쩔 줄 몰랐으나 그녀의 굳은 뜻을 돌릴 수 없었다. 그녀는 장부를 꺼내 그 집의 재산과 현재 집에 있는 물건들을 자세히 기록한 뒤 자신이 처음 왔을 때 받은 장부와 꼼꼼히

---

6. **조보朝報** 조선 시대 정부에서 발행하던 관보官報. 국왕의 전교, 관리의 인사, 특이한 사건, 각종 보고서 등이 실렸다.
7. **정사政事** 관료의 임명과 해임에 관한 일.
8. **정목政目** 관료의 임명과 해임을 기록한 문서.
9. **선전관宣傳官** 임금의 행차를 호위하고 명령을 전달하는 등의 일을 맡은 무관직.
10. **주부主簿** 한성부 등에 두었던 종6품 벼슬.
11. **경력經歷** 오위도총부五衛都摠府 등에 두었던 종4품 벼슬.
12. **하직下直** 임지로 떠나는 관리가 임금에게 작별 인사하는 일.

비교해 보고 나서 말했다.

"제가 7년 동안 당신의 아내가 되어 이 집 재산을 관리했습니다. 바가지 하나, 사발 하나라도 본래 있던 숫자보다 줄어들지 않았으니 부끄러울 일은 없군요. 또 하나였던 게 둘이 되고, 둘이었던 건 셋이 되고, 다섯이었던 건 열이 되어 모두 예전보다 늘어났어요. 제 직분을 다한 셈이라 떠나는 마음이 후련합니다."

그녀는 그날로 집에서 키우던 거지 아이 하나에게 짐을 지게 한 뒤 남자 옷을 입고 패랭이를 쓰고 장교의 집을 떠났다. 우하형이 고을 수령이 된 고을에 도착하니 우하형이 부임한 지 겨우 사흘째 되는 날이었다.

그녀는 억울한 사정을 아뢰려는 백성이라 둘러대고 관아 뜰로 들어가 섬돌 아래에 서서 사또에게 아뢰었다.

"은밀히 아뢸 일이 있사오니, 섬돌 위로 올라가게 해 주시옵소서."

사또가 괴상하게 여기면서도 허락했다. 그러자 그녀는 또 마루에 올라가게 해 달라고 청했다. 사또가 허락하자 이번에는 또 방으로 들어가게 해 달라고 청하는 것이었다. 사또는 더욱 의아했다. 방 안으로 들이자 그녀가 고개를 들고 말했다.

"나리께선 제가 누군지 모르시겠습니까?"

사또가 말했다.

"신임 사또가 고을 백성을 어찌 알겠나?"

그러자 그녀가 말했다.

"아무 고을에서 북쪽 변방을 지키실 때 1년 넘게 잠자리를 모신 사람인데 기억하지 못하신단 말씀입니까?"

우하형이 깜짝 놀라더니 매우 반가워하며 말했다.

"내가 부임하자마자 자네가 오다니 정말 기이한 일일세!"

그녀가 말했다.

"저는 이별하며 약속할 때 이미 오늘 일을 예상했거늘, 왜 기이한 일이라 하십니까?"

우하형은 마침 홀아비로 지내던 차라 그녀를 내아[13]에 살게 하고 엄연한 정실부인의 권한을 주어 아들 며느리가 그녀의 분부를 받도록 했다. 그녀가 집안 살림을 총괄해서 우하형의 맏아들을 대우하는 일이며 하인들을 부리는 일을 모두 지극히 합당하게 하니 집안사람들 모두가 칭송해 마지않았다.

한편 그녀는 우하형으로 하여금 비변사[14] 서리[15]에게 조보를 사 오게 해서 열흘마다 조보를 받아 보았다. 그녀는 조보를 통해 멀리서도 조정의 사정을 환히 꿰뚫었다. 정관[16]이 교체될 때마다 그

❧❧❧

13. **내아內衙** 지방 관아의 안채. 수령과 그 가족이 거주했다.
14. **비변사備邊司** 임진왜란 이후 국정 전반을 총괄하던 최고 관청.
15. **서리書吏** 조선 시대 중앙 관청에 소속된 하급 서리胥吏. 문서 처리와 연락 등의 업무를 담당했다.
16. **정관政官** 문무관을 선발하는 일을 맡아 보던 관리.

후임자를 귀신같이 알아맞혀 열에 하나도 놓치지 않았다. 그녀는 우하형으로 하여금 온 힘을 기울여 다음 정관이 될 사람을 미리 섬기게 했다. 우하형은 관서 지방의 재물을 애써 모아 선물 보따리를 끊임없이 보냈다. 정관이 아닌 사람 입장에서 정관이 받을 만한 선물을 받고 보니 감사하는 마음이 두 배나 생겼다. 급기야 그 사람이 인사 권한을 갖게 되자 우하형이 잘하는 점을 과장되게 칭찬하며 우하형의 승진이 늦어질까 걱정할 지경이었다.

마침내 우하형은 관서 내의 여러 고을을 옮겨 다니며 총 여섯 고을을 다스렸다. 녹봉도 차츰 많아져 상관에게 보내는 선물의 규모가 갈수록 커지니 출셋길이 날로 열렸다. 차례차례 승진하더니 끝내 절도사가 되기에 이르렀다.

우하형이 70세 가까이 수를 누리고 집에서 세상을 떴다. 그녀가 우하형의 아들을 위로하여 말했다.

"영감[17]은 시골 무인으로 절도사의 지위에 이르셨고, 일흔 살 가까이 수를 누리셨어요. 그러니 그 자신 유감이 없을 것이요, 자제로서도 지나치게 슬퍼할 건 없지요. 나로 말하자면 여자가 남편을 섬긴 것이 공치사할 일은 아니지만, 여러 해 동안 벼슬길의 터 닦는 일을 도와 결국 영감이 높은 지위에 이르셨으니 내 책임은 다했어요. 그러니 또 무엇을 슬퍼하겠어요?"

꿀꿀꿀

17. **영감令監** 정3품과 종2품의 관원을 높여 이르는 말.

성복[18]을 하자마자 말했다.

"영감이 계실 때는 내가 집안 살림을 맡았지만 영감이 돌아가신 뒤에는 며느리가 이 집의 주인이 되어야 옳네. 나는 영감의 첩에 불과하니 집안 살림을 물려주고자 하네."

마침내 창고에 있는 재물이며 장롱 안에 간직해 둔 재물을 기록한 장부를 열쇠와 함께 며느리에게 넘겨주었다. 며느리가 울며 사양했다.

"서모님께서 그동안 우리 집에 얼마나 큰 공을 세우셨습니까? 그동안 얼마나 부지런히 애쓰셨습니까? 시아버님께서 돌아가신 뒤 저는 장차 서모님을 시아버지처럼 의지하고 우러르며 모든 집안일을 예전 그대로 두려 하거늘, 서모님께서는 왜 이런 말씀을 하십니까?"

그러나 그녀는 완강히 집안 살림을 넘기고 말했다.

"나는 이제 큰방을 떠나 건넌방에 가서 자야겠네."

그녀는 방 하나를 치우고 들어가서 생각했다.

'일단 여기 들어왔으니 다시는 이 문 밖을 나가지 않을 테다.'

방문을 걸어 잠그고 곡기를 끊더니 세상을 떴다.

우하형의 아들이 말했다.

"이처럼 어진 서모님께 세속에서 서모를 대하는 예를 행할 수

---

18. 성복成服 초상이 나서 처음으로 상복을 입는 일. 초상난 지 나흘 되는 날부터 입는다.

없다. 삼월장[19]을 치르고 별묘[20]에서 제사를 올려야겠다."

먼저 부친의 장례를 치러 발인[21]하려 하는데, 상여꾼들이 매우 많았으나 상여가 무거워 꼼짝도 하지 않았다. 상여꾼들이 입을 모아 말했다.

"일꾼이 부족한 게 아닙니다. 영감님의 혼령이 소실을 두고 가지 않으려 해서 그런 것 같습니다."

그리하여 서모의 상여를 서둘러 준비해서 함께 발인하니 우하형의 상여가 그제야 번쩍 들려 잘 나아갔다.

나는 평산에 여러 번 간 적이 있다. 평산에서 동쪽으로 10리 떨어진 마당리馬堂里 큰길가에 서쪽을 향해 자리 잡은 것이 바로 병사 우하형의 묘이고, 그 오른쪽으로 여남은 걸음쯤 떨어진 곳에 바로 그 첩의 묘가 있다. 행인들은 그 묘를 가리키며 그녀의 사적을 칭송했다. 우씨 집안에서는 지금까지도 그 서모의 제사를 지낸다고 한다.

---

19. **삼월장三月葬** 죽은 지 석 달 만에 지내는 장사. 4품 이상의 관리는 석 달 뒤에, 5품 이하는 운명한 날의 다음 달에 장례를 치렀다.
20. **별묘別廟** 가묘家廟에서 받들 수 없는 신주를 모시기 위해 따로 둔 사당.
21. **발인發靷** 장례를 치르기 위해 상여가 집을 떠나는 상례 절차.

소
낙
비

미상

장동[1]의 약주릅[2]이 늙도록 홀몸으로 자식도 없고 집도 없이 이 약방 저 약방에서 숙식을 하며 살았다.

　　하루는 영조英祖 임금께서 육상궁[3]에 거둥하셨다. 때는 4월인데 갑자기 소나기가 퍼부어 개천 물이 넘쳤다. 임금의 행차를 구경하던 사람들은 비를 피하러 약방에 모여 방이며 처마 밑까지 발 디딜 틈 없이 사람이 가득했다. 약주릅이 그때 방 안에 있다가 문득 말했다.

　　"오늘 내리는 비는 소싯적에 내가 새재[4]를 넘어갈 때 내리던 비 같네."

곁에 있던 사람이 말했다.

"비에 무슨 옛날 내리던 비가 있고 지금 내리는 비가 있소?"

"그때 가소로운 일이 있어서 아직도 잊지 못하거든."

"한번 들어 봅시다."

약주릅은 이야기를 시작했다.

"아무 해 여름에 왜황련⁵이 다 떨어져서 내가 급히 동래⁶로 사러 갔지. 한낮에 새재를 넘어 사람 하나 보이지 않는 작은 마을로 접어들었는데, 갑자기 소나기가 퍼부어 지척도 분간할 수 없었어. 두리번거리며 피할 곳을 찾으니 산기슭에 초막이 하나 보였어. 곧장 그쪽으로 가서 초막 안으로 들어가 보니 노처녀가 한 사람 있는 게 아닌가. 내가 우선 젖은 옷을 벗어 물을 짜내는데, 처녀는 곁에 있으면서 피하지를 않는 거야. 별안간 마음이 동해서 처녀에게 다가가니 처녀도 어려워하는 기색이 없더라구. 잠시 후에 비가 그쳐서 처녀의 주소도 묻지 않고 그냥 와 버렸어. 오늘 비가 꼭 그때 내리던 비와 똑같아서 문득 생각이 났네."

이윽고 처마 밑에 있던 상고머리 청년이 곧장 마루에 올라와 물었다.

"방금 새재에서 비 맞던 이야기를 하신 분이 누구십니까?"

---

5. **왜황련倭黃連**　일본에서 나는 황련. 황련은 눈병이나 열병, 설사 등에 쓰는 한약재.
6. **동래東萊**　지금의 부산 동래구 일대. 이곳에 왜관倭館이 있어 조선과 일본의 상거래가 이루어졌다.

곁에 있던 사람이 약주릅을 가리키자 청년이 즉시 절하며 말했다.

"이제야 비로소 아버지를 찾았으니 천행입니다!"

옆에서 지켜보던 많은 사람들이 모두 의아해하고 괴이하게 여겼다. 약주릅 역시 이상한 일이다 싶어 말했다.

"이 무슨 이야긴가?"

청년이 말했다.

"아버지 몸에 표식이 있다고 들었습니다. 잠시 옷을 벗어 주시겠습니까?"

약주릅이 옷을 벗자 청년은 허리 아래를 보더니 더욱 의심이 없다 여기고 말했다.

"진짜 제 아버지십니다!"

좌중의 사람들이 말했다.

"그 이유를 말해 보게."

"제 어머니가 처녀 적에 초막에 있다가 빗속에 지나가던 나그네를 한 번 겪은 후 임신해서 저를 낳으셨습니다. 제가 차츰 자라서 말을 배울 때가 되니 이웃 아이들은 모두 아버지가 있어 아버지라고 부르는데, 저는 아버지라고 부를 사람이 없어서 어머니에게 자세히 여쭈었지요. 그때 어머니가 하신 말씀이 방금 아버지 말씀과 똑같았습니다. 또 어머니는 당시에 왼쪽 엉덩이에 검은 사마귀 하나를 얼핏 보았다는 말씀도 하셨습니다. 저는 그 이야기를 들고 열두 살부터 집을 떠나 아버지를 찾기 위해 팔도를 두루 돌아다니며 서울에 세 번 들어왔는데, 이제 6년 만에 다행히도 아버지를 찾았습니다. 하늘이 이렇게 만든 것이니 어찌 천만다행한 일이 아니겠습니까?"

청년은 또 약주릅에게 말했다.

"아버님, 서울에 오래 머무실 필요 없습니다. 저와 함께 가시지요. 제가 힘껏 농사지어 봉양하겠습니다. 어머니는 지금도 수절하고 계시고, 친정이 가난하지 않아서 아침저녁 끼니 걱정은 없을 겁니다."

이 광경을 보던 사람들이 모두 혀를 차며 신기한 일이라고 소리쳤다. 약방 주인이 내실에 있다가 이 이야기를 듣고 나와 말했다.

"아들을 찾았다고? 세상에 이처럼 희귀하고 경사스런 일이 있단 말인가? 친지의 마음도 이처럼 펄쩍펄쩍 뛸 만큼 기쁜데, 당사자의 마음이야 얼마나 기쁘겠나?"

약방 주인은 아들과 함께 가라고 권유했다. 약주릅은 기쁘다면 기쁜 일이었지만 오랫동안 서울에 살다 졸지에 떠나려니 섭섭한 마음이 없을 수 없었고, 노자도 근심이었다. 그때 청년이 말했다.

"염려 마세요. 제 행장에 약간의 돈이 있습니다."

사람들이 따라가라고 힘써 권하며 모두들 지니고 있던 돈을 거두어 도와주니 대여섯 냥이 모였다. 주인도 10여 냥을 주었다.

비가 갠 뒤 약주릅은 사람들과 작별하고 아들과 함께 길을 떠났다. 집도 있고 아내도 있고 아들도 있고 먹을거리도 있어 그 뒤로 넉넉히 잘 살다가 생을 마쳤다고 한다.

녹림호걸 미상

영남에 한 양반이 살았는데, 대대로 부자여서 100만 냥이 넘는 막대한 재산이 있었다. 그 고을은 삼면이 모두 석벽石壁으로 둘러싸였고 고을 앞 동문[1] 밖에는 큰 강이 흐르고 있었으며, 주변에 거느린 호지집[2]이 200여 호나 되었다. 이 사람은 비록 백만금의 재산을 가졌지만 여러 대 동안 그 고을에만 살았고, 사돈과 인척도 모두 향반[3]이어서 애당초 서울에는 일면식이라도 있는 사람 하나 없었다. 그래서 세도 있는 가문과 인연을 맺고 싶었지만 길이 없었다.

마침 그때 이웃 고을 울산 수령의 초상이 나서 그 생질甥侄인 박교리[4]라는 이가 와서 장례의 모든 절차를 주관했다. 이날 강 건너

모래밭에서 준마와 건장한 하인을 거느린 행차가 배를 불러 강을 건넜다. 이들은 배에서 내려 뭍에 오르더니 쏜살같이 움직여 눈 깜짝할 사이에 벌써 그 양반집 대문 앞에 이르렀다. 마침내 말에서 내려 마루에 오르자 주인이 의관을 정제하고 맞이한 뒤 물었다.

"존함이 어찌 되시며 무슨 일로 오셨습니까?"

그러자 손님이 대답했다.

"나는 울산 부사[5]의 생질입니다. 부사께서 상을 당하셔서 모레가 발인인데 숙소를 찾아보니 여기만한 곳이 없군요. 하인들의 집 두세 채를 빌려주셔서 상례를 치르는 일행이 하룻밤 묵어가게 해 주실 수 있겠습니까?"

주인은 오래 전부터 세도가와 관계를 맺어 급한 일이 있을 때 도움 받을 교분을 쌓고 싶었는데, 지금 이 좋은 기회를 만나 재력도 쓰지 않게 되었으니 어찌 바라던 바가 아니었겠는가? 마침내 흔쾌히 허락했다. 손님은 거듭 감사하고 날짜를 약속한 뒤 작별하고 떠났다.

약속한 날이 되자 주인은 우두머리 하인에게 분부해서 큰 집 서너 채를 비워 청소하고, 창호도 새로 도배하고, 상여꾼이 머물 곳과 양반의 사처[6]며 병풍과 휘장이며 접대할 음식을 모두 준비

✄✄✄✄

5. **부사府使** 정3품 혹은 종3품의 지방 장관.
6. **사처** 귀한 손님이 객지에서 잠시 묵는 곳.

하게 한 뒤 아들 조카와 함께 의관을 정제하고 박교리 일행을 기다렸다.

초저녁에 과연 상여 행렬이 들어오는데, 방상시[7]가 앞장을 섰다. 상여를 따르는 행렬의 태반은 이웃 고을의 수령들이었고, 감영과 병영[8]에서 상여 행렬을 호위하기 위해 나온 비장[9]들이 사립[10]과 푸른 철릭[11] 차림에 백마를 타고 좌우로 나뉘어 섰으며, 장정들이 에워싸 호위하고 안장을 얹은 말이 빽빽이 늘어서서 강가 20리를 가득 메웠다. 10여 척의 큰 배에는 목도채[12]가 준비되어 있어서 일행이 강 앞에 이르자 즉시 강을 건넜고, 발인 장소에 상여가 멈추자마자 곡하는 소리가 땅을 울렸다.

이윽고 박교리라는 이가 종자 대여섯 명을 데리고 와서 주인에게 정중히 읍하고 말했다.

"배려해 주신 덕분에 장례를 치르고 편히 쉴 수 있겠습니다. 큰 호의를 무엇으로 보답해야 할지요."

꿀꿀꿀

7. **방상시方相氏** 탈을 쓰고 악귀를 쫓는 일을 하는 나자儺者의 하나. 곰의 가죽을 씌운 큰 탈을 쓰고 네 개의 금빛 눈을 달았으며, 붉은 웃옷에 검은 치마를 입고 창과 방패를 들었다. 궁중의 나례儺禮 의식은 물론 일반 장례에서도 악귀를 쫓는 구실을 했다.

8. **감영監營과 병영兵營** 각각 조선 시대 관찰사와 병마절도사가 거처하던 관서. 조선 후기 경상도 감영은 대구에, 경상도 병영은 울산과 창원에 있었다.

9. **비장裨將** 조선 시대 관찰사·절도사節度使 등 지방 장관의 수행원 역할을 하던 무관.

10. **사립紗笠** 명주실로 싸개를 하여 만든 벙거지.

11. **철릭** 무관의 공복公服. 상의와 주름 잡힌 치마를 따로 만들어 허리 부분을 연결한 웃옷.

12. **목도채** 목도를 할 때 짐을 걸어서 어깨에 메는 굵은 막대기. '목도'는 두 사람 이상이 짝이 되어, 무거운 물건이나 돌덩이를 얽어맨 밧줄에 몽둥이를 꿰어 어깨에 메고 나르는 일.

주인이 답했다.

"힘들 것도 없는 일인데 무슨 수고랄 게 있겠습니까?"

대화를 나누고 있는데 안채에서 급히 부르는 소리가 들렸다.

"생원님, 안으로 들어오십시오!"

주인이 들어가니 안주인이 발을 구르며 말했다.

"큰일 났어요! 지금 하인들의 말을 들으니 상여라고 했던 것에 애당초 관이 들어 있지 않고 무기가 가득 들었답니다. 이 일을 장차 어찌합니까?"

주인은 번뜩 깨닫는 바 있었지만 일이 이미 이 지경에 이르고 보니 참으로 어찌할 도리가 없었다. 마침내 아내의 마음을 진정시켜 두고 바깥채로 나왔다. 손님이 물었다.

"주인장의 얼굴을 보니 근심스럽고 두려운 기색이 가득하군요. 혹시 무슨 우환이 있습니까?"

"아이가 갑자기 아팠는데 다행히도 금세 괜찮아졌습니다."

손님은 미소 지으며 말했다.

"주인장은 도량이 좁으시군요. 지금 우리가 가져가려는 건 옮기기 쉬운 가벼운 재물에 지나지 않습니다. 토지며 하인과 가축이며 집이며 곡식은 그대로 있을 겁니다. 지금 잃는 재물이 비록 적지 않다 하겠지만 몇 년 안에 다시 가득해질 텐데, 깊이 근심할 필요가 있겠습니까? 또 재물은 천하의 공기[13]입니다. 쌓는 자가 있으면 반드시 쓰는 자가 있고, 지키는 자가 있으면 또한 취하

162

는 자가 있는 법입니다. 주인장 같은 분이 재물을 쌓고 지키는 자라면 나 같은 사람은 재물을 쓰고 취하는 자라 하겠지요. 생장과 소멸이 반복되고 가득 차고 텅 비는 일이 반복되는 것은 천지조화의 변하지 않는 이치이고, 주인장 역시 천지조화 중에 잠시 깃들어 사는 존재일 뿐입니다. 그렇건만 어찌 생장하기만 하고 소멸하지 않으며, 가득하기만 하여 텅 비지 않으려 하십니까? 일이 일찌감치 드러났으니 야밤에 소란을 일으켜 사람의 생명을 해치기에 이르러서야 되겠습니까? 주인장이 먼저 안채로 들어가 부녀들을 한 방에 모여 있게 해 주시기 바랍니다."

주인은 어쩔 수 없음을 알고 손님이 지휘하는 대로 시행하고 나와서 말했다.

"분부대로 했습니다."

손님이 또 주인에게 말했다.

"주인장이 평생토록 유독 끔찍이 아끼던 물건이 있을 테지요. 어서 말씀하셔서 다른 재물과 함께 잃지 않도록 하십시오."

주인은 700냥을 주고 새로 산 청려[14]라고 말했다.

어느새 고을 수령과 비장, 상인,[15] 복인,[16] 행자,[17] 곡비,[18] 상여

❧❧❧❧

13. **공기公器** 세상 사람이 같이 쓰는 물건.
14. **청려靑驢** 털빛이 검푸른 나귀.
15. **상인喪人** 상제喪祭. 부모나 조부모가 세상을 떠나서 거상 중에 있는 사람.
16. **복인服人** 상인 외에 상복을 입는 사람. 고인의 8촌 이내 친가 친족과 4촌 이내의 외가 친족 등.

꾼, 마부가 모두 소매 좁은 군복으로 갈아입고는 무기를 들고 바깥채 마당에 늘어섰다. 몇 천 명이나 되는지 알 수 없었는데, 그들 하나하나가 모두 건장하고 용력이 있었다. 손님이 명령을 내렸다.

"너희들은 안채로 들어가 모든 방에 있는 물건 중 은화는 물론 의복, 그릇, 가발, 팔찌, 진주, 옥, 비단을 모두 가져 나와라. 다만 부녀들이 모여 있는 방에는 억만금이 있다 하더라도 절대 접근하지 말라. 재물이 비록 소중하지만 명분이 지엄하니, 만약 명령을 어기는 자가 있다면 반드시 군율로 처벌할 것이다!"

덧붙여 청려는 취하지 말라고 주의를 주었다. 손님은 또 주인에게 말했다.

"우리를 인도해서 어수선하지 않게 해 주십시오."

주인이 마침내 무리들을 인도해 들어갔다. 우선 안주인이 거처하는 방으로 들어갔고 그 나머지 큰며느리 방, 둘째며느리 방, 막내며느리 방, 손자며느리 방, 소실 방, 제수 방, 서부庶婦(서자의 아내) 방, 큰딸 방, 작은딸 방, 긴 샛방, 짧은 샛방, 큰 벽장, 작은 벽장, 동쪽 다락, 서쪽 다락, 앞 창고, 뒷 창고까지 들어가서 그 속의 물건을 일일이 찾아내 바깥뜰에 쌓았다. 또 바깥채로 나와서

17. **행자行者**　장례 때 상제를 따라가는 사내종.
18. **곡비哭婢**　장례 때 대갓집 주인을 대신하여 우는 여자종.

큰 사랑, 중사랑中舍廊(안사랑), 아랫사랑, 뒷 사랑, 가운데 별당, 뒷 별당에 있는 물건을 남김없이 다 꺼냈다. 무려 억만금에 달하는 재물을 튼튼한 말 300필에 싣더니 일시에 날듯이 달려 강을 건넜다.

두목은 남아서 주인과 마주앉아 인생사 새옹지마라며 위로하고 도주공이 재물을 모았다 흩은 일[19]에 빗대어 이야기한 뒤 정중히 읍하고 작별하며 말했다.

"나 같은 손님은 한 번 본 것만 해도 지극한 불행이니, 다시 만나고 싶지 않으실 겁니다. 지금 헤어지면 다시 만날 기약이 없군요. 다만 주인장께서 이치에 통달하고 마음에 순응하시어 건강하고 다복하시기를 바랄 뿐입니다. 또 서울 양반과 사귀려는 마음은 부디 다시 품지 마시기 바랍니다. 이번에 이른바 '박교리'라는 자가 무슨 이익이 있었습니까?"

두목은 말에 올라 주인을 돌아보고 말했다.

"물건을 잃은 사람들이 으레 뒤를 추적하는 일을 벌이곤 하는데, 그래봤자 이익될 거 하나 없습니다. 부디 주인장께선 세상 사람들의 속습을 따르다 후회하지 마십시오!"

재삼 신신당부하자 주인이 말했다.

꿂꿂꿂꿂

19. **도주공陶朱公이 재물을 모았다 흩은 일** '도주공'은 범려范蠡의 호이다. 범려는 춘추시대 월越나라 왕 구천勾踐을 도와 오吳나라를 멸망시킨 뒤 벼슬에서 물러나 중국 최고의 거부가 되었다. 범려는 막대한 재산을 세 번 모아 세 번 모두 가난한 이들에게 나누어 주었다고 한다.

"예예, 제가 어찌 감히 그러겠습니까."

마침내 강을 건너가 날듯이 말을 달려 떠나니 간 곳을 알 수 없었다.

잠시 후 수백 명의 하인들이 다 모여 서로 위로하고 혀를 차며 분통을 터뜨렸다. 과연 도적을 추격하자는 의견이 나와 한참 상의하더니 주인에게 앞 다투어 와서 말했다.

"저들은 필시 해적 무리일 테니, 육지로 갔을 리 없습니다. 여기서 아무 해문[20]까지가 몇 리이고 아무 해구海口까지가 몇 리이니, 급히 뒤쫓으면 따라잡을 수 있습니다. 우리 600여 명이 좌우로 대열을 나눠서 가면 아무 포구 바닷가까지 쏜살같이 갈 수 있습니다. 더구나 해구에도 큰 마을이 있고, 포구 옆에도 큰 마을이 있으니, 저들 무리가 수천 명이라 한들 어찌 우리가 패하여 돌아올 리 있겠습니까?"

주인은 하인들의 추적을 극구 금지했다. 그러자 우두머리 하인과 책임을 맡은 하인 10여 명이 다시 앞 다투어 나와 아뢰었다.

"도적 두목이 뒤쫓지 말라고 신신당부한 것은 오직 위협하기 위해섭니다. 쇤네들 600명 장정이 공공연히 억만금 재산을 잃는 것을 보았는데 어찌 분통이 터지지 않을 수 있겠습니까? 처음에 제대로 맞서지 못한 것은 예기치 않은 일을 당했기 때문입니다.

꾟꾟꾟

20. 해문海門 육지와 육지 사이에 끼여 있는, 바다로 이어지는 통로.

뒤쫓는 일이라면 이미 준비가 다 되어 있는데 무슨 두려워할 것이 있겠습니까? 더구나 포구가 멀지 않고 포구 부근의 마을이 매우 크니 일단 도적을 뒤쫓으면 못 잡을 리 없고, 만의 하나 못 잡는다손 쳐도 도적에게 패하는 일은 결코 없을 겁니다. 생원님께서는 쇤네들이 이 일을 처리하도록 일임하시는 게 어떻겠습니까?"

중론이 벌떼처럼 일어나자 주인도 금지할 수 없었다.

그때 문득 집 뒤의 솔숲 대숲에서 갑자기 1천여 명의 사내가 함성을 지르며 나와 바깥채 뜰에 모여들었다. 이들이 발길질을 하고 떠밀고 발로 밟고 주먹질을 하고 상투를 휘어잡고 머리를 치자 순식간에 600명의 하인이 흙으로 빚어 놓은 개나 닭처럼 부서지고 썩은 병아리나 죽은 쥐새끼처럼 나뒹굴었다. 비바람이 몰아치는 기세와 천둥번개가 번뜩이는 속도로 순식간에 소탕하고 일시에 강을 건너니, 또 간 곳을 알 수 없었다.

천 명 가까운 하인들을 살펴보니 모두가 땅에 쓰러져 있는데, 눈이 뽑힌 자, 팔이 부러진 자, 코피를 흘리는 자, 머리가 터진 자, 갈비뼈가 부러진 자, 이가 부러진 자, 귀가 떨어져 나간 자, 뺨이 퉁퉁 부은 자, 머리가 깨진 자, 다리를 절룩이는 자, 뼈가 어긋난 자, 살갗이 찢어진 자, 숨을 헐떡이는 자, 숨이 막힌 자, 넋이 빠져 멍하니 한곳만 보는 자, 드러누워 일어나지 못하는 자, 이렇게 형형색색으로 다치지 않은 사람이 하나도 없었지만 그렇다고 죽은 사람도 하나 없었다.

이튿날 놀랐던 마음을 수습한 뒤 잃어버린 물건을 두루 조사해 보니 남은 게 하나도 없었고 마구간의 청려마저 없었다.

그 이튿날 새벽에 문득 나귀 울음소리가 건너편 강가에서 들려오는데, 소리가 매우 귀에 익었다. 주인이 깜짝 놀라 급히 하인을 시켜 나가 보게 하니 바로 잃어버린 청려가 은으로 만든 안장에 푸른 끈 고삐를 달고 강둑에 우뚝 홀로 서 있는 것이었다. 안장 앞에는 커다란 망태기에 피가 뚝뚝 떨어지는 머리가 담겨 말의 왼편에 걸려 있었다. 또 고삐 오른쪽에는 편지 한 통이 매달려 있었는데, 겉봉에 "강벽리江壁里에서 보시해 주신 분께. 월출도月出島에서 안부 편지를 보냄"이라고 적혀 있었다. 편지 내용은 이러했다.

일전에 두 차례 급히 만나 오랫동안 일구신 살림을 내주셨거늘 몹시 황망하여 화기애애한 대화를 나누지 못했습니다. 저희의 행동에 잘못이 없었는지, 선생께서 예기치 않은 우환으로 더 잃으신 것이 있는지 모르겠습니다.

재물을 잃으신 것은 선생의 넓은 도량으로 짐작건대 개의치 않으시리라 생각합니다. 다만 작별할 때 제가 말씀드린 것을 대수롭지 않게 여기시어 끝내 하인들의 몸이 상하기에 이르렀는데, 이 일은 선생께서 자초한 것이니 누구를 허물하고 누구를 원망하겠습니까?

선생께서 주신 300바리 가벼운 보물을 옮겨 섬에서 1년 동안 지낼 양식으로 삼게 된 점 마음 깊이 새겨 두겠습니다. 감사합니다. 대단히 감사합니다.

선생의 청려는 그대로 돌려드립니다. 말안장에 매단 것은 바로 명령을 어긴 자입니다. 살펴보아 주시겠습니까?

인사를 다 갖추지 못합니다.

년 월 일 녹림객[21] 올림

주인은 편지를 보자 재물을 잃어버려 생겼던 울분이 눈 녹듯 사라졌고 가슴속에 조금의 유감도 품지 않게 되었다. 그리하여 누군가 위로라도 하려 하면 도둑맞았다고 답하지 않고 그때마다 이렇게 말하는 것이었다.

"당세의 호걸남아를 보았거늘, 가까운 곳에 살아도 다시 만날 길이 없어 늘 그리워하며 서글퍼한다오."

21. **녹림객綠林客** 녹림호객綠林豪客, 곧 도적을 말한다. 본래 전한前漢 말에 왕광王匡 등이 호북성湖北省의 녹림산綠林山에서 산적이 되어 관군에 저항하며 부자의 재물을 빼앗아 가난한 사람을 도운 데서 유래한 말.

녹림호걸 _ 169

권진사

미상

안동에 진사 권 아무개가 살았다. 집안 살림이 몹시 부유했으며, 성품이 준엄해서 집안을 다스리는 데 법도가 있었다. 권진사에게는 외아들이 있었다. 아들을 결혼시켰더니 며느리의 성품과 행실이 사납고 투기심이 많아 제어하기 어려웠다. 그러나 며느리는 엄한 시아버지 때문에 감히 제멋대로 성질을 부리지 못했다.

권진사는 화가 나면 반드시 대청에 자리를 깔고 앉았다. 그리하여 남녀 하인을 때려죽이는 일도 있었고, 목숨을 해치는 데까지는 이르지 않더라도 반드시 피를 본 뒤에야 그쳤다. 이 때문에 권진사가 대청에 자리를 깔기만 하면 집안사람들 모두가 숨을 죽이며 필시 죽는 사람이 나오겠구나 하고 생각했다.

권진사의 아들 권생權生의 처가가 이웃 고을에 있었다. 권생이 장인 장모를 만나러 갔다가 돌아오는 길에 갑자기 비가 왔다. 비를 피해 객점¹에 들어갔더니, 대청에 젊은이 한 사람이 앉아 있었다. 마구간에는 준마가 대여섯 필이나 있고 하인들도 많아서 아내를 데리고 가는 행차처럼 보였다. 젊은이는 권생과 인사를 나눈 뒤 술과 음식을 권했다. 술이 매우 좋은 것이었고 안주도 아주 맛이 좋았다. 성씨와 거주지를 묻기에 권생이 먼저 사실대로 말했다. 젊은이는 성씨만 말하고 거주지는 말하려 들지 않았다. 젊은이가 말했다.

"우연히 이곳을 지나다가 비를 피해 객점에 들어왔는데, 다행히도 동년배의 좋은 벗을 만났으니 참으로 즐거운 일이 아니겠습니까?"

젊은이는 술잔을 건네며 취하도록 마셔 보자고 했다.

권생이 먼저 취해 쓰러졌다가 밤이 깊은 뒤에야 깨어났다. 눈을 들어 자세히 살펴보니 함께 술을 마시던 젊은이는 간 곳 없이 사라졌고, 자신은 객점 안방에 누워 있는 게 아닌가. 게다가 곁에는 소복을 입은 미녀가 앉아 있었다. 나이는 열여덟이나 열아홉쯤 되어 보였고, 용모와 자태가 단정하고 고운 걸로 봐서 상민이나 천민이 아니라 틀림없는 서울의 재상 댁 소저였다. 권생은 깜짝 놀라 의아해하며 물었다.

"제가 왜 여기에 누워 있습니까? 그대는 어디 사는 어느 댁 처자십니까?"

소저는 부끄러워 머뭇거리며 대답하지 않았다. 권생이 거듭 물

꽃꽃꽃꽃
1. 객점客店 오가는 길손이 음식을 사 먹거나 쉬던 집.

174

어도 끝내 입을 열지 않더니, 몇 식경²이나 지나서야 비로소 나직한 소리로 말했다.

"저는 서울 번성한 가문의 벼슬아치 집 딸입니다. 열네 살에 출가했으나 열다섯 살에 남편을 잃고 아버지도 일찍 세상을 뜨셔서 오빠 집에 의탁해 살고 있습니다. 오빠는 고집이 있어 세상의 풍속과 예법에 따라 어린 누이를 과부로 지내게 하지 않으려 했습니다. 그리하여 저를 개가시킬 곳을 찾자 일가친척들의 시비가 크게 일어나서 모두들 가문을 더럽히는 일이라며 준엄한 말로 꾸짖으니 오빠는 부득이 의논을 멈추었습니다. 그 뒤로 오빠는 가마와 말을 갖추어 저를 태우고 문을 나서 정처 없이 이리저리로 다니다가 이곳에 이르렀습니다. 오빠의 생각은 마음에 맞는 남자를 만나면 그 사람에게 저를 맡기고 떠난 뒤 일가친척에게는 일절 비밀로 하겠다는 것이었습니다. 그래서 어젯밤 낭군께서 취하신 틈을 타서 하인을 시켜 낭군을 업어 안방에 눕히게 했습니다. 오빠는 벌써 멀리 떠났을 겁니다."

소저는 곁에 있는 상자 하나를 가리키며 말했다.

"이 속에 은화 오륙백 냥이 있습니다. 오빠는 이 돈을 제 의복과 음식 비용으로 쓰라고 했습니다."

권생이 이상한 일이다 싶어 밖으로 나와 보니 젊은이와 그 많

2. **식경食頃** 밥 한 끼 먹을 정도의 시간.

던 말이 모두 간 곳 없이 사라지고 철없는 여종아이 둘만 남아 있을 뿐이었다.

권생은 다시 안으로 들어와 소저와 잠자리를 같이했다. 그러고는 이리저리 온갖 궁리를 해 보았다. 엄한 아버지를 모시고 있는 처지에 마음대로 첩을 얻었으니 큰 소동이 벌어질 게 뻔했다. 게다가 사납고 투기심 많은 아내가 첩을 용납할 리 만무했다. 이 일을 장차 어찌할까? 천 번 만 번 생각해도 좋은 계책이 떠오르지 않았다. 기이하게 만난 미인이 도리어 골칫거리가 되고 말았다.

권생은 여종아이에게 안방 문을 잘 지키고 있으라고 분부한 뒤 소저에게 말했다.

"집에 엄친이 계시니, 돌아가서 여쭌 뒤 당신을 데려가겠소. 잠시 기다려 주시오."

권생은 객점 주인에게 소저를 잘 돌보도록 신신당부하고 문을 나섰다. 그러고는 곧장 친구 중에 가장 지모가 있는 이의 집으로 갔다. 권생이 그동안 있었던 일을 그대로 알리고 계책을 달라고 하자 친구가 한참 동안 고민하다가 말했다.

"정말 어렵군, 정말 어려운 일이야! 실로 좋은 계책이 없네. 오직 한 가지 방법이 있기는 한데 어떨지 모르겠어. 자네가 집으로 돌아간 뒤에 내가 술자리를 베풀어 자네를 초대하겠네. 그러면 자네는 그 이튿날 술자리를 베풀어 나를 초대하게. 그렇게 하면 내가 한번 수단을 부려 보겠네."

권생이 그 말대로 하기로 했다. 집으로 돌아간 지 며칠 뒤 친구가 심부름꾼을 보내 간곡한 말로 권생을 초대했다.

　"마침 술과 안주가 있어 친구들이 다 모였소. 이 모임에 형이 빠질 수 없으니 꼭 와 주시오."

　권생은 부친의 허락을 받고 친구 집으로 갔다.

　이튿날 권생이 부친에게 여쭈었다.

　"친구가 어제 술자리를 베풀어 저를 초대했으니 답례하지 않을 수 없습니다. 오늘 마침 집에 술과 음식이 조금 있으니 친구들을 초대하면 좋을 듯합니다."

　권진사가 허락하자 술자리를 베풀고 친구와 마을의 젊은이들을 초대했다. 손님들이 모두 와서 권진사에게 먼저 인사를 올리니 권진사가 반가워하며 말했다.

　"젊은이들이 번갈아 술자리를 가지면서 이 늙은이는 한 번도 초대하지 않으니, 이건 무슨 도리인가?"

　권생의 친구가 대답했다.

　"어르신께서 주인 자리에 계시면 나이 어린 저희들이 모든 행동을 마음대로 할 수 없지 않겠습니까? 게다가 어르신께서는 성품이 준엄하셔서 저희들이 잠시 인사드릴 때조차 최대한 조심하면서도 혹시 실수하지 않을까 두려워합니다. 그러니 어찌 하루 종일 술자리에서 모실 수 있겠습니까? 어르신께서 자리에 계시면 그야말로 살풍경이라 할 것입니다."

권진사가 웃으며 말했다.

"술자리에 무슨 장유유서가 있나? 오늘 술자리는 내가 주인 노릇을 할 테니, 예의범절일랑 다 벗어던지고 종일 즐겨 보세. 자네들이 나한테 백 번 실례한다 한들 절대로 꾸짖지 않을 테니, 한껏 즐기며 오늘 하루 이 늙은이의 적적한 마음을 위로해 주게."

젊은이들이 일시에 공손히 승낙하고 어른과 젊은이가 빙 둘러앉아 술잔을 들었다. 술이 얼큰히 취하자 꾀 많은 친구가 권진사 앞으로 다가와 말했다.

"제가 아주 신기한 옛날이야기를 하나 해서 어르신을 한바탕 웃게 해 드리고 싶습니다."

권진사가 말했다.

"옛날이야기라면 좋고말고! 한번 해 보게."

친구는 권생이 객점에서 미녀를 만난 일로 옛날이야기를 지어 말했다. 권진사는 한마디 한마디마다 신기하다고 하더니 이렇게 말했다.

"기이하군, 기이해! 옛날이라면 혹시 이처럼 기이한 인연이 있었을지 모르지만 지금은 들어 보지 못한 얘기야."

친구가 말했다.

"만약 어르신께서 이런 일을 당하신다면 어떻게 대처하시겠습니까? 아무도 없는 밤중에 절세미인이 곁에 있다면 가까이하시겠습니까? 그리 하지 않으시겠습니까? 만일 가까이하신다면 미

178

인을 거두시겠습니까, 버리시겠습니까?"

권진사가 말했다.

"내시가 아니고서야 밤에 미인을 만나 헛되이 보낼 사람이 있겠나? 이미 잠자리를 같이했다면 데리고 살아야지 어찌 여자를 버려 악을 쌓는단 말인가?"

친구가 말했다.

"어르신께서는 성품이 방정하고 준엄하시니 이런 일을 당하신다 한들 틀림없이 절개를 깨뜨리지 않으실 겁니다."

권진사가 말했다.

"그 사람이 안방으로 들어간 건 고의가 아니라 남에게 속아서 그리 된 게 아닌가. 이런 경우라면 내가 일부러 잘못을 범한 일이 아니지. 젊은 사람이 미녀를 보고 마음이 동하는 건 본래 자연스러운 일일세. 그 여자는 사족士族으로서 이런 일을 해야 했으니, 그 사정이 얼마나 딱한가! 이런 여자를 한 번 만나고 버린다면 그 여자는 필시 수치와 원한을 품을 테니, 어찌 악을 쌓는 일이 아니겠나? 사대부의 처사가 그리 쩨쩨해선 안 되네."

친구가 또 물었다.

"인정으로 보나 사리를 따져 보나 과연 그렇습니까?"

권진사가 말했다.

"달리 무슨 뜻이 있겠나? 두말할 것 없이 그리 해야지. 박정한 사람이 되어서야 쓰겠나?"

친구가 웃으며 말했다.

"이게 실은 옛날이야기가 아니라 바로 아드님이 일전에 실제로 겪은 일입니다. 어르신께서 사리에 마땅하다고 거듭 단언하셨으니, 아드님은 죄를 면하겠습니다."

권진사가 그 말을 듣고 한참 동안 말이 없었다. 이윽고 정색을 하고 성난 목소리로 말했다.

"자네들은 모두 돌아가게. 내가 처치할 일이 있네."

손님들이 모두 깜짝 놀라 겁을 먹고 흩어졌다.

권진사가 호령했다.

"당장 대청에 자리를 깔아라!"

집안사람들이 모두 두려워 벌벌 떨며 장차 누구에게 벌을 줄지 몰랐다. 권진사가 자리에 앉아 또 호령했다.

"당장 작두를 가져와라!"

하인이 허둥지둥 분부를 받들어 작두와 작두판을 가져다가 뜰 아래에 두었다. 권진사가 또 호령했다.

"너의 서방님을 잡아다가 작두판에 엎드리게 해라!"

하인이 권생을 잡아와 작두판 위에 권생의 목을 올렸다. 권진사가 큰소리로 꾸짖었다.

"입에 젖비린내도 가시지 않은 패륜아 녀석이 부모에게 고하지 않고 사사로이 첩을 두다니, 이것은 집안을 망하게 하는 짓이다! 내가 살아 있는데도 이런 짓을 하니 내가 죽은 뒤라면 무슨 짓을 못하겠느냐? 이런 패륜아 녀석은 살려 둬 봐야 이로울 것이 없다. 내가 살아 있을 때 머리를 베어 훗날의 폐단을 막는 것이 옳다!"

말을 마치더니 하인에게 발을 들어 권생의 목을 베라고 호령했다. 이때 집안 모든 이들이 허둥거리며 두려움에 떨고 있는데, 권진사의 아내와 며느리가 마루에서 내려와 애걸했다.

"비록 죽을죄를 지었으나 어찌 차마 눈앞에서 외아들의 머리를 자른단 말입니까?"

울며 만류하기를 그치지 않았으나 권진사는 물러가라고 큰소리로 꾸짖었다. 권진사의 아내는 깜짝 놀라 겁을 먹고 피했으나 며느리는 머리를 땅에 찧어 얼굴 가득 피를 흘리며 말했다.

"젊은 사람이 방자하게 제멋대로 행동한 죄를 짓기는 했으나 아버님의 피붙이라고는 이 사람 하나뿐입니다. 아버님께서는 어찌 이런 잔혹한 일을 하시어 조상의 제사를 받드는 일이 한순간에 끊어지게 하려 하십니까? 남편 대신 저를 죽여 주십시오!"

권진사가 말했다.

"집에 패륜아 자식을 두었다가 가문이 망하면 그 치욕이 조상에게까지 미친다. 차라리 내 눈앞에서 죽이고 양자를 구하는 게 낫다. 이렇게 하나 저렇게 하나 어차피 망한다면 깨끗하게 망하는 게 낫다!"

권진사가 작두질을 하라고 호령하자 하인이 입으로는 "예!"라고 대답했으나 차마 발을 들지 못했다. 며느리가 울며 더욱 간절히 빌자 권진사가 말했다.

"이 일이 우리 가문을 망하게 할 조짐이 한 가지가 아니다. 부모를 모시고 사는 자가 제멋대로 첩을 둔 것이 첫째 망조다. 투기심 많은 네가 틀림없이 첩을 용납하지 않을 것이요, 그렇게 되면 집안이 날로 어지러울 것이니, 그것이 둘째 망조다. 이런 망조가 있으니, 일찌감치 싹을 없애 버리는 게 낫다."

며느리가 말했다.

"저도 사람의 얼굴과 사람의 마음을 지녔으니, 눈앞에서 이 광경을 보고 어찌 감히 마음속에 '투기' 두 글자를 품겠습니까? 아버님께서 한 번만 용서해 주신다면 저는 삼가 남편의 첩과 함께 살면서 조금도 화목을 깨뜨리지 않겠습니다. 아버님께서는 염려 마시고 너그러이 용서해 주십시오."

"네가 오늘은 급한 마음에 이런 말을 하고 있지만, 틀림없이 겉으로만 그렇지 속마음은 다를 게다."

"그럴 리가 있겠습니까? 만약 말씀하신 것과 비슷한 일이 있다면 저를 하늘이 죽이고 귀신이 죽일 것입니다."

"내가 살아 있을 때야 그런 일이 없다 하더라도 내가 죽은 뒤에는 네가 다시 나쁜 성질을 제멋대로 부릴 게 틀림없다. 그때 나는 이미 세상에 없고 패륜아 자식은 감히 너를 제어하지 못할 테니, 결국 우리 가문이 망하지 않겠느냐? 지금 목을 잘라 화근을 없애는 게 낫다!"

"제가 어찌 감히 그러겠습니까? 아버님께서 돌아가신 뒤에 혹시 조금이라도 나쁜 마음을 먹는다면 저는 개돼지만도 못한 인간입니다. 맹세코 다짐합니다."

"그렇다면 지금 네가 맹세한 말을 종이에 써서 바치도록 해라."

약속을 어긴다면 짐승만도 못한 인간이라는 내용의 글을 쓴 뒤 며느리가 또 말했다.

"한 번이라도 어기는 일이 있으면 저는 벼락을 맞아 죽어 마땅합니다. 이렇게까지 맹세했는데도 아버님께서 믿지 못하신다면 죽음이 있을 뿐입니다!"

그러자 권진사는 아들을 용서한 뒤 우두머리 하인을 불러 분부했다.

"가마와 말과 인부들을 데리고 객점으로 가서 서방님의 소실을 맞이해 와라."

하인들이 분부대로 소저를 데려왔다. 소저는 시부모에게 폐백을 올리고 정실부인에게 예를 갖추어 절한 뒤 한 집에서 같이 살았다. 권진사의 며느리는 소저에게 감히 한마디도 하지 못하고 늙을 때까지 화목하게 지내서 남들이 이간하는 말도 하지 못했다고 한다.

'천년의 우리소설' 제9권에 이어 조선 후기에 창작된 야담계소설野譚系小說 열두 편을 이 책에 실었다. '야담계소설'이란 야담野譚, 곧 민간에서 구연口演되던 시정市井의 이야기가 한문으로 기록된 것 중 소설에 해당하는 작품을 가리킨다. 야담계소설은 17세기 후반에 성립하여 18세기에 대대적으로 발전해 갔으며, 19세기 전반기에는 『청구야담』青邱野談과 같은, 야담계소설을 집대성한 작품집이 출현하기에 이르렀다.

　　••• 「기이한 하인」과 「도적 재상」은 임매任邁(1711~1779)의 작품이다. 임매는 영조英祖 때의 문인으로, 자는 백현伯玄, 호는 난실蘭室 혹은 보화재保和齋, 본관은 풍천豊川이다. 1754년(영조 30) 진사시에 합격했으며, 용담 현령龍潭縣令을 지냈다. 저술로 문집인 『보화재집』과 야담집인 『잡기고담』雜記古談이 전한다. 「기이한 하인」과 「도적 재상」은 모두 『잡기고담』에 수록되어 있다. 임매에 앞서 그 조부인 수촌水村 임방任埅(1640~1724)이 야담집 『천예록』天倪錄을 남겼다(『천예록』에 실린

「소설인규옥소선」掃雪因窺玉簫仙이 '천년의 우리소설' 제1권에 「옥소선」玉簫仙이라는 제목으로 실려 있다). 할아버지와 손자가 나란히 한국 고전 소설사에 야담 작가로서 뚜렷한 족적을 남긴 희귀한 사례다.

「기이한 하인」의 원제목은 「기노」奇奴이다. 광해군·인조 때의 이름 모를 하인을 주인공으로 내세운 이 작품은 서두에 붙인 작가의 말부터 문제적이다. 조선에서는 노비를 개돼지 대하듯이 멸시하지만 노비 중에도 영웅호걸이 있다면서 "하늘이 재주를 내릴 때 본래 땅을 가리지 않는 법"이라고 했다. 직접적으로는 중국 역사를 빛낸 노비 출신 영웅호걸을 가리켜 한 말이지만 실은 신분 차별을 넘어 인간의 자질 그 자체에 주목해야 한다는 생각으로 확장된다. 조선에도 그런 영웅이 존재한다는 것을 바로 이 작품의 주인공이 입증하고 있기 때문이다.

기이한 하인은 가난한 상전 모녀를 재산가로 만들고 장차 부귀영화를 누릴 마땅한 사윗감을 점지해 맞게 한 뒤 인조반정을 예측해서 혹여 가문에 닥칠 재앙까지 완벽하게 대비했다. 그 과정에서 하인이 보여주는 지략과 담력은 대단히 놀랍다. 결국 하인은 인조반정의 성공으로 상전 모녀에게 아무런 위험 요소도 남아 있지 않다는 확신이 선 뒤에야 훌쩍 먼 곳으로 떠났다. 작자 임매는 기이한 하인이 영웅다운 군주의 지기가 되었다면 중국의 영웅호걸과 비견할 업적을 남겼을 것이라며 엄격한 신분 제약을 둔 조선의 인재 등용 방식을 거듭 비판했다. 노비도 뛰어난 자질을 지녔다면 그에 걸맞은 지위를 부여해야 한다는 생각이 18세기 조선의 양반 지식인에 의해 표명된 것이다.

「도적 재상」의 원제목은 「도재상」盜宰相이다. 영웅호걸 하인에 이어 이번에는 고려 시대 영웅호걸 도적을 주인공으로 삼았다. 극심한 가난 때문에 과거 공부를 할 수 없던 선비가 도적 두목이 되기로 결심하기까지의 과정, 엄한 규율로 도적떼를 거느리고 용의주도한 계략을 세워 탐관오리의 재물을 모조리 탈취하는 과정도 흥미롭지만, 더욱 놀라운 것은 그 뒤의 전개다. 도적 두목 노릇을 하던 선비는 도적떼를 해산하고 다시 본분으로 돌아와 의식 걱정 없이 과거 공부에 전념하더니 마침내 재상의 지위에 올랐다. 훗날 재상이 자신의 과거 잘못을 임금에게 고백하자 임금은 신하들의 청을 받아들여 재상의 죄를 묻지 않았다. 리얼리티가 부족해 보이는 결말이지만, 소소한 예법에 얽매이지 않는 호방한 인간 유형에 대한 작자의 긍정적 시선을 보여준다. 임매는 도가 사상에 경도되었는데 이런 사상적 지향이 「기이한 하인」이나 「도적 재상」 같은 작품을 낳게 한 것으로 보인다.

　　　　•••• 「채생의 기이한 만남」, 「심씨 집 귀객」, 「여종의 안목」, 「포천의 기이한 일」의 네 작품은 모두 이현기李玄綺(1796~1846)의 『기리총화』綺里叢話에 수록되어 있다. 조선 후기 최고의 야담 작가로 꼽히는 이현기는 순조純祖·헌종憲宗 때의 문인으로, 자는 치호穉皓, 호는 기리綺里, 본관은 전의全義이다. 선산 부사善山府使를 지낸 이형회李亨會의 아들로 소론少論 가문의 일원이었는데, 벼슬은 하지 못했다.

　「채생의 기이한 만남」의 원제목은 「채생기우」蔡生奇遇이다. 이 작품은 『청구야담』에 「결방연이팔낭자」結芳緣二八娘子(이팔청춘의 낭자와 아름다운 인연을 맺다)라는 제목으로 실려 있고, 『이조한문단편집』(이우성·임형

택 역편譯編, 일조각, 1978)에 「김령」金令이라는 제목으로 번역되었다. 처음에는 작자가 분명히 밝혀지지 않아 오랫동안 「결방연이팔낭자」나 「김령」으로 불렸으나 이현기의 원작이 『청구야담』에 전재轉載된 것이 분명해진 오늘날에는 「채생기우」라는 본래의 제목으로 불러야 마땅하다.

「채생의 기이한 만남」은 조선 후기 야담계소설 가운데 최고의 수준을 보여주는 작품이다. 몰락해 가는 양반계급을 대표하는 채생蔡生의 부친과 상승하는 중인계급을 대표하는 거부 역관譯官 김령金令을 등장시켜 그 대조적인 생활 정경과 인물의 성격 및 심리 상태를 사실적으로 치밀하게 묘사함으로써 조선 후기 사회 변동의 한 국면을 솜씨 있게 드러냈다.

가난한 양반 가문에 태어나 아버지의 엄한 훈육을 받으며 자란 채생이 혼인한 뒤 홀로 성묘하러 가던 길에 어느 저택으로 납치되어 아리따운 청춘과부와 비밀 결혼을 한다는 초반 설정부터 흥미를 자아낸다. 아들이 몰래 소실을 맞은 사실을 알게 된 채생의 부친은 예상대로 격노하여 김령을 불러 꾸짖고 김령은 선선히 인연을 끊기로 하는데, 흥미로운 서사敍事가 싱겁게 일단락되는 듯한 이 지점부터의 전개에 묘미가 있다. 채생 집안의 극심한 가난을 적시에 도우며 김령이 시종일관 보여준 겸손한 태도, 능수능란한 대처, 따뜻한 인간미로 말미암아 채생의 부친이 차츰 고집을 꺾고 결국 김령에게 모든 것을 의지하기에 이르는 과정이 대단히 교묘하게 그려졌다. 이 작품은 시정에 떠돌던 이야기를 소재로 삼되 전기소설傳奇小說의 세련된 양식과 문체를 받아들여 원숙한 구성과 빼어난 기교, 전아한 문장과 치밀한 디테일을 보여준다. 내용과 형식의 양면에서 야담계소설 최고의 수준을 보인 명작이라 할 만하다.

「심씨 집 귀객」의 원제목은 「심가귀괴」沈家鬼怪(심씨 집 귀신)이다. 역시 『청구야담』에 「궤반탁견곤귀매」饋飯卓見困鬼魅(식사를 대접하고 귀신에게 곤경을 겪다)라는 제목으로 실려 있다. 사돈의 도움으로 겨우 끼니를 이어 가던 가난한 양반 집에 귀신이 날마다 찾아와 밥을 얻어먹고 돈을 빼앗으며 괴롭히자 양반은 남의 집 돈으로 노자를 마련해 간신히 귀신을 내보냈지만 다시 그 귀신의 아내가 찾아와 같은 일이 반복되었다는 내용의 짤막한 소품이다. '귀신 손님'이라는 설정이 황당무계하지만 양반가 주변에서 물질적 도움을 얻으려는 주변 존재를 비유한 것으로 본다면 가난한 살림에도 불구하고 체면치레를 위해 손님을 접대하고 온갖 비용을 지출하며 빈곤이 악화되어 갔던 빈한한 양반가의 생활상이 잘 그려진다.

「여종의 안목」의 원제목은 「천비식인」賤婢識人(천한 여종이 사람을 알아보다)이다. 『청구야담』에는 「택부서혜비식인」擇夫壻慧婢識人(남편감을 고르던 지혜로운 여종이 사람을 알아보다)이라는 제목으로 실려 있다.

작품의 서두에서 지혜로운 여종은 "천하에 마음 맞는 사람이 아니라면 차라리 독수공방하며 늙으리라"라고 맹세하고 자신의 남편감을 직접 고르기로 했다. 「이생규장전」이나 「최척전」 같은 애정전기愛情傳奇의 여주인공과 다름없는 주체적 여성의 면모인데, 이러한 여성 형상은 야담계소설에서 드물지 않게 만날 수 있다. 서울 부호가 자제의 첩이 되기를 마다하고 여종이 고른 남편감은 "봉두난발에 얼굴에 땟국이 가득한 거지"였다. 영문도 모른 채 고관 댁 여종의 남편이 된 거지는 무위도식할 뿐이었는데, 이를 보다 못한 여종의 주선으로 사업 밑천을 얻었다. 지혜로운 아내가 어리숙한 남편을 계발하여 성공시킨다는 것 또한 야담에 자주 보이는 소재이지만, 이 작품은 그 중간 과정에 특색이 있다.

여종의 남편은 사업 밑천으로 받은 거금 전체를 들여 깨끗한 헌옷을 산 뒤 전국을 돌며 거지들에게 나눠 주었다. 여벌의 옷이 없어 밤중에 벌거벗은 채 시내에서 옷을 빨고 있던 노부부에게 마지막 남은 헌옷을 주는 것으로 자선이 마무리되었다. 사업 자금을 빈민 구휼에 모두 써 버리고 여종의 남편은 다시 거지 신세가 되었다. 이때 반전이 일어났다. 노부부의 집에서 하룻밤 묵으며 베개 대신 베고 잔 바가지가 '도깨비 바가지'였던 것이다. 민담 「도깨비 방망이」와 비슷한 이야기를 차용한 것인데, 이 작품에서는 여종의 남편이 뜻밖의 행운을 얻게 된 까닭을 가난한 사람들에게 조건 없는 선행을 베푼 데서 찾았다. 청지기가 모함을 했다는 죄로 억울하게 쫓겨나는 대목에서는 양반과 하층민을 이간질하기도 하며 그 사이에서 이익을 추구하는 자에 대한 반감이 느껴지기도 한다. 민담을 차용하되 개성 있는 인물 형상과 구체적 사건 서술을 더해 짧은 편폭 안에 가난한 서민의 처지와 원망顯望을 흥미롭게 담아낸 작품이다.

「포천의 기이한 일」의 원제목은 「포주이문」抱州異聞(포주의 신기한 소문)이다. 소론 가문의 일원인 19세기 인물 이현기는 이 작품을 통해

17세기 중반 송시열宋時烈 등의 노론老論 집권세력이 주도한 북벌론北伐論을 예리하게 비판했다.

이 작품의 주인공은 효종·현종 때 거듭 영의정을 지낸 실존 인물 정태화鄭太和(1602~1673)이다. 젊은 시절 정태화가 포주抱州, 곧 경기도 포천의 현감으로 부임하던 날 밤에 정태화의 눈에만 보이는 귀신이 관아에 나타났다. 그 귀신은 조선의 개국공신 하륜河崙(1347~1416)이다. 폐허가 된 자신의 무덤을 돌봐달라는 부탁을 전하기 위해서였다. 정태화의 신속한 조치 이후 하륜이 다시 나타나 두 사람이 나누는, 작품 후반부의 문답이 이 작품의 핵심이다.

정태화가 병자호란의 치욕을 씻고 대의를 바로세우기 위해 청나라를 정벌해야 한다는 이른바 '북벌'北伐의 향방을 묻자 하륜은 "중화中華를 존숭하는 대의를 출세의 계단으로 삼으며, 속으로는 오랑캐를 두려워하면서 겉으로만 아름다운 명성을 얻"고자 하는 세력을 인정할 수 없다고 했다. 효종 때 노론의 송시열 일파가 주도한 북벌론의 허상을 통렬히 지적한 말이다. 하륜은 실제 전쟁이 벌어진다 하더라도 북벌론자들이 꿈꾸는 전쟁 시나리오는 청나라의 국력과 주변 역학 관계, 조선이 당면한 어려움을 이해하지 못한 탁상공론에 불과하다는 말을 덧붙인 뒤 국정 쇄신의 방책이 오직 올바른 인재 등용에 있다고 했다. 개국공신과의 문답 형식을 빌려 북벌론과 조선중화주의朝鮮中華主義에 대한 19세기 소론 지식인의 비판적 시각을 확인할 수 있다는 점, 야담으로서 보기 드물게 높은 정치의식이 투영된 점에서 의미 있는 작품으로 평가된다.

••• 「홍환」은 이덕수李德壽(1673~1744)의 작품이다. 이덕수는 영조 때의 문신으로, 호는 서당西堂이다. 이조판서와 대제학을 지냈으며, 저서로 문집인『서당집』西堂集이 있다. 「홍환」은 일본 천리대天理大 소장『속제해지』續齊諧志에 실려 전하는데, 원제목은 「홍환전」洪晥傳이다.

주인공 홍환洪晥은『승정원일기』承政院日記 숙종조肅宗朝 기록에 몇 차례 등장하는 실존 인물이다.『승정원일기』에 의하면 1698년(숙종 24) 안성에 거주하던 홍환이 의술에 능하여 빈궁의 병을 치료하기 위해 궁궐로 차출되었다 돌아갔고, 1704년 통례원通禮院(국가의 의례를 관장하던 관서)의 종6품 벼슬인 인의引儀에 임명되었으며, 1705년에는 숙종의 병을 치료한 공으로 상을 받았고, 이듬해 귀후서歸厚署의 6품 벼슬인 별제別提에 임명되었다. 안정복安鼎福의『잡동산이』雜同散異에서는 홍환洪㠊이라는 인물에 대해 "남파南坡 홍상서洪尙書(홍우원)의 서종질庶從姪로, 시에 능했으며 사마시司馬試에 합격하여 낭청郞廳 벼슬을 했고 의술에 뛰어났다"라고 소개한 바 있는데, 역시 홍환洪晥에 대한 기록으로 보인다. 이러한 기록들을 종합해 볼 때 홍환은 서얼 출신으로 시에 능했으며, 뛰어난 의술 덕분에 벼슬길에 나갈 수 있었던 인물로 추정된다. 「홍환」의 서술 역시 작품의 핵심을 이루는 선녀와의 만남을 빼면 대체로 사실에 부합하는 내용을 담고 있는 것으로 보인다.

이 작품은 전기소설 중에서도 귀신과의 만남을 제재로 삼는 등 초현실성·환상성을 특징으로 하는 신괴전기神怪傳奇의 전통에 놓여 있다. 18세기 단편소설이지만 매우 짧은 편폭 속에 서사를 곡진하게 전개하지 못하고 줄거리만 간략히 제시한 점은 오히려 신라 말 고려 초에 창작된 초기 전기소설과 유사하다. 한편 "숙종 때 홍환이 입시入侍했다가 속리산에서 겪은 일을 임금께 아뢰어 대궐 안에 그 이야기가 퍼졌다"라는 작품 말미의 기술을 통해서는 「홍환」의 원천이 세간에 떠도는 이야기였음을 알 수 있다. 이 점에서 이 작품은 전기소설의 형식을 취한 야담계소설로 볼 수 있다.

••• 「길씨녀」는 신돈복辛敦復(1692~1779)의 『학산한언』鶴山閑言에 수록된 작품이다. 신돈복은 영조·정조 때의 학자로, 호가 학산鶴山이다. 서울 근교에 살다 황해도 배천으로 이주한 뒤 평생 농촌에서 독서와 농학農學 연구에 매진했으며, 단학丹學에도 조예가 깊었다. 저술로 18세기 후반에 편찬된 것으로 추정되는 야담집 『학산한언』 외에 농서農書인 『후생록』厚生錄, 도서道書인 『단학지남』丹學指南 등이 있다.

이 작품은 본래 『학산한언』에 아무 제목 없이 실려 있었는데, 『청구야담』에 「거강포규중정렬」拒强暴閨中貞烈(강포한 자에 항거하여 규수의 절개를 지키다)이라는 제목으로 전재轉載되어 널리 읽혔다.

「길씨녀」는 평안도 양반의 서녀庶女 길씨가 당숙의 음모에 빠져 사또의 첩이 될 위기에 처했으나 결연한 의지로 절개를 지켰다는 내용이다. 권력에 굳세게 저항하면서 성적性的 자결권을 지키고자 했다는 점에서 「춘향전」을 떠올리게 하는 바가 없지 않다.

••• 「우병사의 아내」는 노명흠盧命欽(1713~1775)이 지은

작품이다. 노명흠은 영조 때의 문인으로, 호는 졸옹拙翁이다. 47세에 뒤늦게 진사進士가 되었으나 벼슬은 하지 못했다. 저서로 만년에 저술한 야담집『동패낙송』東稗洛誦이 전한다.

이 작품은 본래『동패낙송』에 제목 없이 실려 있는데, 역시『청구야담』에 「우병사부방득현녀」禹兵使赴防得賢女(우병사가 변방에서 어진 여인을 얻다)라는 제목으로 실려 널리 읽혔다.

「우병사의 아내」는 영조 때 경상도 병마절도사를 지낸 우하형禹夏亨과 그 첩의 이야기를 소재로 삼았다. 우하형이 곤궁하던 시절 평안도 변경에서 지혜로운 퇴기退妓를 첩으로 맞아 그 도움으로 출세하는 내용인데, 작품을 이끌어 가는 주인공은 단연 우하형의 첩이다. 우하형의 인물됨을 알아보고 그를 위해 거금을 쾌척하는 대목부터 여주인공의 지인지감知人之鑑이 돋보이며, 특히 조정의 인사를 꿰뚫어보고 남편을 고위직에 승진시키는 과정의 주도면밀함은 남편을 출세시키는 비슷한 스토리의 작품에 등장하는 어떤 여주인공들도 비교하기 어려운 경지로 보인다. 우하형을 서울로 먼저 보내고 홀아비 장교에게 의탁했다가 7년 만에 떠나는 장면, 우하형 사후 며느리에게 살림을 물려주는 장면 등 작품 전편을 통해 여주인공의 지혜와 의지, 담백한 성격 등 매력적인 캐릭터를 잘 형상화한 작품이다.

    ••• 「소낙비」,「녹림호걸」,「권진사」는 모두『청구야담』에 실린, 작자 미상의 작품이다.

「소낙비」의 원제목은 「청취우약상득자」聽驟雨藥商得子(소나기 소리를 듣고 약주릅이 아들을 얻다)이다. 이 작품은 조선 후기 시정市井에서 이야기가 구연되던 분위기를 실감나게 보여준다. 우연히 사랑방에 모여 앉은 사람들 사이에서 누군가 재미난 이야기를 하면 나머지 사람들이 청중이 되어 경청하던 야담의 현장이 작품 안에 고스란히 재현되었다.

「소낙비」는 짧은 편폭 안에 치밀한 구성, 단일한 사건의 응축적 제시, 뜻밖의 결말 등 단편소설 특유의 묘미를 솜씨 있게 담아냈다. 지금의 '소나기'가 18년 전의 '소나기'로 연결되고, 신기한 사연 뒤에 기막힌 우연이 이어져 뜻밖의 반전에 이르는 구성이 억지스럽지 않으면서 대단히 흥미롭다. 작품의 결말부에 이르면 근대 단편소설 이효석李孝石의 「메밀꽃 필 무렵」이 연상된다.

「녹림호걸」의 원제목은 「어소장투아세부객」語消長偸兒說富客(생장과 소멸의 이치를 논하여 도적이 부자를 설득하다)이다. 이원명李源命(1807~1887)의 야담집 『동야휘집』東野彙輯에서는 이 작품을 윤색하여 「오결교납전실재」誤結交納錢失財(잘못된 교분을 맺어 돈을 바치고 재산을 잃다)라는 제목으로 수록했다.

영남의 갑부 양반이 서울의 세도 있는 가문과 교분을 맺고 싶어했던 것이 사건의 출발점이다. 영남 갑부는 중앙 권력의 도움이 필요했던 조선 후기 향촌 양반의 전형이다. 좋은 인연을 맺게 될 줄 알았던 서울의 박교리朴校理가 실은 월출도月出島의 도적 두목으로 밝혀지면서 영남 양반의 꿈은 좌절되고 막대한 재산마저 빼앗기고 말았다. 두목은 재물이 천하의 공기公器라며 생장과 소멸의 이치를 들어 도적질을 정당화하는데, 애당초 영남 양반의 욕심이 자초한 낭패이기에 그 말이 뻔뻔하게만 들리지 않는다. 한편 산적떼가 영남 양반 집의 구석구석에서 값진 물건을 찾는 과정에서 저택 안의 여러 공간을 나열하는 대목, 주인집 노비 수백 명이 도적을 추격하려 하다가 역습을 당해 다친 모습을 열거하는 대목은 「적벽가」赤壁歌 등의 판소리를 연상케 한다.

「권진사」의 원제목은 「외엄구한부출시언」畏嚴舅悍婦出矢言(엄한 시아버지를 두려워하여 사나운 며느리가 맹세의 말을 하다)이다. 권생權生의 아내를 사납고 투기심 많은 여성으로 설정한 뒤 권진사와 며느리의 결말부 대화에서 여성의 투기妬忌를 거듭 경계한 데 주목하여 붙인 제목으로 보인다.

주인공 권생이 우연히 명문가 여성을 소실로 맞이한다는 작품 초반의 설정은 「채생의 기이한 만남」과 비슷하다. 그러나 「채생의 기이한 만남」에서 청춘과부가 된 딸의 앞날을 위해 부친 김령이 나선 반면 「권진사」에서는 누이동생을 위해 오빠가 나섰다. 이 작품에서 오빠는 서술 비중이 대단히 작지만 매우 강렬한 인상을 남긴다. 오빠는 서울 사대부 명문가의 가장이지만 사대부가 여성의 개가改嫁를 금하는 세상의 풍속과 예법에 따르기를 거부하고 어린 나이에 과부가 된 누이를 시집보내려 했다. 일가친척의 시비가 크게 일어났다고 했으니, 공개적으로 벌인 일이다. 가문의 반대에 부딪힌 오빠는 결국 남몰래 누이를 권생에게 의탁하게 했다. 누이를 은밀히 재가시키고 돌아간 오빠가 어떤 행동을 했을지 궁금하지만 이에 관한 서술은 없다. 이희평李羲平(1772~1839)의 「과부」('천년의 우리소설' 제9권 수록)에서 재상이 했던 행동이 이어지지 않았을까 추측해 볼 따름이다.

하지만 이 작품은 '개가'의 문제를 끝까지 밀고 나가기보다는 권생이 우연히 인연을 맺은 여인을 첩으로 들이는 과정에서 제기되는 문제를 해결하는 데 서사의 초점을 맞추고 있다. 이 점에서 애초의 문제의식을 잘 살리고 있지 못하다는 느낌이다.